KB043010

검사를 목표로
입학했는데
마 법 적 성
9999
라고요?!

저자 : 넨쥬무기챠타로
일러스트 : 리이쥬

© 2016 Riichu

# 로라 에드몬즈

검사을 꿈꾸는 아홉 살 소녀.
부모는 전설적인 검사 부부.
그러나 그녀의 재능은······.

하후우우우

로라, 포옹 베개 적성 9999예요.

치사해.
내가 먼저 알았는데.

## 안나 아네트

전사학과 소속 소녀.
검을 좋아해서 로라와 의기투합.
로라와의 방과 후 특훈이 일과.

로라의 뺨에 묻은 생크림을 가져갈 권리는 나한테 있어요!

**샬롯 가자드**

마법학과 소속 소녀. 유명한 마법사 집안 출신. 로라의 친구이자 라이벌!

그럼 시작하자.
언제든지 덤벼!

에밀리아 아클랜드
길드레아 학교의 교사.
마법과 1학년 담임이기도 하다.

# 검사를 목표로 입학했는데 마법 적성 9999라고요?!

저자 : 넨쥬무기차타로
일러스트 : 리이츄

# CONTENTS
— 목차 —

# 검사를 목표로 입학했는데 마법 적성 9999 라고요?!

저자 : 넨쥬무기챠타로
일러스트 : 리이츄

"전위는 좋다."

그것이 에드몬즈가의 가훈이었다.

실제로 로라의 부모는 모험가 시절 전방의 호위를 맡았다고 한다.

아버지 브루노는 검사.

어머니 도라는 창술사.

둘이서 콤비를 이루어 거대한 드래곤을 쓰러뜨리고 던전을 누비고 새로운 생물을 발견하곤 했었다.

최전선에서는 물러났지만 지금도 마을 부근에 나타나는 몬스터를 퇴치하고 있으며 그 솜씨는 조금도 녹슬지 않았다.

"마법 따윈 연약한 자가 쓰는 기술이다. 우리 같은 선두 뒤에 숨어서 찔끔찔끔 싸우는 비겁자다."

브루노의 생각은 매우 편향되어 있어서 제대로 된 모험가가 들으면 분개할 만한 것이었다.

그러나 브루노와 도라는 실제로 마법사를 파티에 포함시키지 않고 전위만으로 많은 위업을 달성했다.

지금도 말로 전해져 내려오는 A랭크 모험가 부부.

그 눈부신 업적 앞에서는 모두가 입을 다물었다.

브루노만큼은 아니지만 도라도 비슷한 사상을 갖고 있었다.

따라서 두 사람은 딸인 로라를 마법사로 만들 생각은 없었다. 아예 생각조차 하지 않았다.

그리고 「전위는 좋다.」라는 말을 듣고 자란 로라 역시 아버지 같은 검사가 되기로 마음먹었다.

모험가 길드에 등록해서 창술사나 도끼술사와 함께 몬스터를 사냥하면서 살 거라고.

아무런 의심 없이 그렇게 믿었다.

그러나 로라에게는 누구에게도 말하지 않은 한 가지 비밀이 있었다.

조금도 연습하지 않았는데 어째선지 마법을 쓸 수 있었다.

그 사실을 안 것은 아주 우발적인 충동에서 비롯되었다.

세 살 무렵 그림책을 보다가 마법에 흥미가 생겨 가벼운 마음으로 생각했다.

불꽃이여 나와라— 라고.

그러자 정말로 손바닥에 뿅 하고 불덩어리가 나타났다.

로라는 아버지와 어머니가 마법을 싫어하는 것을 알았다. 마법은 사악한 것이었다.

장난이었을지언정 그런 멀리해야 할 것을 사용하고 말았다.

로라는 무서워서 이불을 뒤집어쓰고 울었다.

그 후로는 마법 따윈 쓰지 않고 검을 가르치려는 아버지 브루노를 따라서 오직 단련에 힘썼다.

로라도 검이 좋았다.

나날이 성장하는 것을 스스로도 느낄 수 있었다.

자기 자식의 재능에 가장 기뻐한 것은 역시 브루노였다.

그러나 여덟 살이 되어서 다시 마법을 쓰고 말았다.

우연히 마당에서 다친 고양이를 발견하고 무심코 회복 마법으로 치료해준 것이다.

들키면 아버지와 어머니가 싫어할 거라고는 생각했지만 고양이를 못 본 척할 수는 없었다.

그런데 어째서 나에게 마법적 재능이 있는 걸까.

마법에 대해서는 잘 모르지만 연습하지도 않았는데 불덩어리를 만들 수 있고 상처를 치료할 수 있는 것은 이상한 게 아닐까.

아니, 아무래도 좋아.

이제 마법은 쓰지 않아.

난 검사로 살아갈 거야.

그렇게 다시 결심을 하고 로라는 아홉 살이 되었다.

"로라. 슬슬 모험가 학교 시험을 봐볼래? 거기 전사학과는 좋은 곳이야. 대현자가 학장이라는 게 유일한 결점이지만…… 그것만 빼면 훌륭해! 보통은 15살 정도에 응시하지만 넌 검의 천재야. 여유롭게 합격하겠지. 그만한 실력을 가졌으면 빨리 세상에 나가야 해. 이런 촌구석에 틀어박혀 있으면 안 돼."

아홉 살 딸에게『촌구석에 틀어박혀 있으면 안 돼.』라고 설교하는 부모도 부모지만 로라는 그 말을 듣고 순순히 수긍했다.

하루 빨리 어엿한 모험가가 되고 싶어. 검으로 몬스터와 싸우고 싶어.

아버지가 인정해주셨어. 그럼 시험은 합격할 게 틀림없어.

"난 아직 이르다고 생각하지만……."

어머니 도라는 그렇게 말했지만 딸의 재능을 부정하지는 않았다.

본인이 의욕을 보인다면 억지로 말릴 이유도 없었다.

결국엔 도라도 타고난 모험가였다.

로라는 아홉 살 생일을 맞이한 겨울, 아버지, 어머니와 함께 마차를 타고 왕도로 갔다. 그리고 거기서 모험가 학교 시험을 보았다.

검사를 지망했기에 시험관을 상대로 시합을 하는 형식으로 검 실력을 선보였다.

시험관은 재학생이었다.

원래는 조금 잘하기만 해도 합격이지만 로라는 시험관을 이겼다.

머리도 나쁘지 않아서 필기시험도 여유롭게 통과했다.

"장하다, 로라. 넌 정말 내 자랑스런 딸이다."

"엄마도 우쭐해졌어. 봄부터는 기숙사 생활을 하겠구나. 로라가 떠나면 쓸쓸하겠지만…… 네 재능을 부모 마음대로 묵혀둘 순 없어. 열심히 하렴."

부모님의 칭찬에 로라는 진심으로 기뻐했다.

시험관을 이긴 것도 기뻤다. 자신이 지금까지 해온 특훈은 확실히 결실을 맺었다. 한없이 강해지고 싶었다.

"언젠가 아버지, 어머니보다 강해질 거예요!"

"오, 녀석, 제법인데?"

"후후, 기대하고 있단다."

그리고 일단 고향 마을로 돌아가 겨울 동안은 이전처럼 생활하다 눈이 녹기 시작했을 무렵, 마차에 올라 다시 왕도로 향했다.

이번에는 혼자였다.

순조롭게 풀린다면 3년 동안 로라는 모험가 학교에서 전투 기술을 익히고 졸업과 동시에 C랭크 모험가가 될 것이다.

그러나 학교에서 낙제생 딱지가 붙으면 가차 없이 퇴학당해 졸업 전에 집으로 돌려보내진다.

물론 로라는 퇴학당할 걱정 따윈 하지 않았다.

난 강해. 검에 재능이 있어. 노력도 했어.

작아져가는 고향 마을을 바라보면서 「학교 제일의 검사가 되겠

어.」라고 마차 안에서 다짐했다.

"그리고 친구가 많이 생겼으면 좋겠다……."

이때 로라는 자신이 터무니없는 마법 재능을 가진 사실을 까맣게 잊고 있었다.

그리고 그 재능을 학교 측에서 내버려둘 리 없다는 생각도 하지 못했다.

모험가는 누구나 될 수 있다.

귀족도 평민도 돈이 없는 사람도, 글을 읽고 쓰지 못 하는 사람도.

필요한 것은 단 하나.

목숨을 걸 각오다.

인간에게 해를 끼치는 몬스터를 잡기, 고대 문명 유적 탐사, 가혹한 자연 오지에서 연금술 재료를 구해오는 것. 이 모두가 인류에 공헌하는 중대한 일이며 죽음과 이웃한 모험이다.

모험가는 죽는다.

특히 무술과 마법 훈련을 제대로 받지 않고 일찍이 돈을 벌기 위해 모험가를 하는 자는 대개 죽는다.

신입 모험가의 1년 후 생존율이 70퍼센트 이하라는 구체적인 데이터가 있을 정도다.

그럼에도 모험가가 되고 싶어 하는 사람은 끊이지 않았다.

어쨌든 돈이 된다. 스릴이 있다. 아이들의 동경의 대상이다……
그리고 죽는다.

모험가는 줄곧 그런 존재로 인식되어왔다.

그러나 50년 전. 그런 인식에 이의를 제기한 자가 있었다.

죽은 모험가들 중에는 어쩌면 재능이 넘치는 자가 있었을지도 모른다.

그 재능을 펼치기도 전에 죽는 것은 온당치 않다.

그렇다면 죽기 전에 가르치자.

그렇게 주장한 것은 『아름다운 대현자』라는 별칭을 가진 S 랭크 모험가이자 130년 전에 한 마신을 무찌른, 살아 있는 전설 칼로테 길드레아다.

그녀는 당시 국왕과의 교섭으로 마련한 자금으로 교사에 적합한 인재를 모아 모험가를 양성하는 학교를 설립했다.

그것이 왕립 길드레아 모험가 학교다.

로라가 오늘부터 다니게 될 학교이고 아버지 브루노와 어머니 도라도 이곳의 전사학과 졸업생이다.

왕립 길드레아 모험가 학교에는 두 학과가 있다.

전사학과와 마법학과.

전자는 검, 창, 도끼, 활, 도수공권을 주로 가르친다.

후자는 마법 전반을 가르친다.

물론 로라가 입학할 곳은 전사학과였다.

"전사학과 신입생은 여기로 모이도록!"

넓은 교정에 남자 교사의 굵직한 목소리가 울려 퍼졌다.

어디로 가야 할지 몰라 짐을 든 채 우왕좌왕하던 로라는 안도의 한숨을 내쉬었다.

아무리 검에 재능이 있다고 해도 아홉 살은 아홉 살이다.

낯선 왕도. 낯선 집단행동은 아무래도 긴장이 됐다.

"로라 에드몬즈. 전사학과입니다!"

"오, 네가 그 에드몬즈의 딸이로구나. 아직 아홉 살이라지? 그 나이에 시험을 통과하다니, 부모에 뒤지지 않을 재능이다. 하지만 여기 수업은 엄격하니 단단히 각오하도록."

"네!"

로라는 강해지고 싶었으므로 엄격한 것은 바라던 바였다.

그러나 아홉 살에 입학하는 것은 정말로 이례적인 모양이었다.

주위를 둘러봐도 로라 나이 또래는 보이지 않았다.

입학시험은 모두 따로 쳐서 몰랐지만 가장 어려도 12살이나 13살 정도. 스무 살 정도로 보이는 자도 있었다.

다만 들어오고 나면 나이 따윈 상관없었다. 모든 것은 실력으로 결정된다.

하지만 친구로 삼기에는 또래가 대화하기 편했다.

로라는 친구를 만들 수 있을까 하고 불안해졌다.

하지만 괜찮을 것이다.

나이 차이가 나도 이곳에 모인 자들은 모두 일류 검사를 꿈꿨다.

분명 잘 통할 것이다.

더욱이 검사끼리라면 절친이 될 수 있을 거다.

"전사학과 신입생 43명. 다 모인 것 같군. 그럼 지금부터 이 장치로 너희의 재능을 측정하겠다. 물론 이런 도구로 측정한 재능은 추정에 불과하지만 일단 앞으로의 수업에 참고할 거야. 긴장할 거 없어. 이걸로 지금 당장 뭘 어떻게 할 생각은 없으니까."

그렇게 말하는 우람한 체격의 교사 옆에는 반투명한 푸른 기둥이 있었다.

굵기도 길이도 그 교사와 비슷하다.

이름을 불린 학생이 그 기둥에 손을 갖다 댔다.

그러자 기둥에서 빛이 뻗어 나와 공중에 문자를 새기기 시작했다.

검이나 창, 각종 마법 적성을 수치화해주는 장치인 모양이었다.

분명 마법 기술 덩어리겠지. 창립자인 칼로테 길드레아가 만들었을까?

"다음. 안나 아네트."

"네."

대답을 하고 앞으로 나온 것은 열세 살 정도의 소녀. 머리카락은 강렬한 붉은색이었다.

아마도 이 소녀가 로라와 가장 나이가 비슷할 것이다.

로라는 안나의 걸음걸이를 보고 무심코 신음했다.

아직 젊은…… 아니, 어린데도 일류 전사 같은 분위기를 풍겼다.

아버지와 어머니라는 진짜 일류를 평소부터 보아왔기에 느낄
수 있는 로라의 감이었다.

그리고 장치가 그 감이 옳았다는 것을 증명했다.


이름 : 안나 아네트

검 적성 : 98

창 적성 : 81

도끼 적성 : 66

활 적성 : 70

격투 적성 : 83


교사가 공중에 표시된 수치를 보고 「호오.」 하고 감탄했다.

"아까부터 봐서 알겠지만 그 혹독한 시험에 합격한 자라도 적성
은 대개 50~60이다. 하지만 안나는 가장 낮은 수치인 도끼가
66. 검은 무려 98이다. 틀림없이 천재야. 하지만 아무리 천재라도
자만하면 거기서 끝이다."

"자만하지 않고…… 최선을 다해 단련할 거야."

안나가 날카로운 목소리로 대답했다.

그걸 들은 로라는 흥분으로 몸을 떨었다. 안나가 자신의 라이

벌이 될 것 같은 예감을 느꼈기 때문이다.

"자, 아직 안나의 마법 적성이 남았어. 전사학과라도 마법을 써서 손해 볼 건 없지. 익힐 여유가 있다면 힘껏 익혀두도록."


공격 마법 적성 : 04

방어 마법 적성 : 29

회복 마법 적성 : 08

강화 마법 적성 : 31

소환 마법 적성 : 06

특수 마법 적성 : 10


"호. 균형이 좋군. 방어 마법으로 자신을 방어하고 강화 마법으로 신체 능력을 강화할 수 있어. 안나는 타고난 백병전 타입이군."

"……취향과 적성이 일치해서 일단 안심이야."

그렇게 중얼거린 안나가 환하게 미소 지었다.

전사학과인데도 마법에 소질이 있다. 교사도 마법을 쓸 것을 추천했다.

로라는 그 점에 위화감을 느꼈지만 부모에게 받은 교육이 극단적인 것이라는 것도 알았기에 표정에 드러내지 않고 얌전히 있기로 했다.

"좋았어. 다음은 로라 에드몬즈. 어떤 수치가 나올지 기대되는군."

로라의 작은 몸집을 보고 의아한 표정을 지은 학생들이 에드몬즈라는 성을 듣고는 「오오.」하고 환성을 질렀다.

"에드몬즈라면 그 에드몬즈? 마법을 혐오하는 근접전 마니아에…… 그렇게나 치우쳐 있는데도 귀신처럼 강하다는 부부."

"외동딸이 있다는 소리는 들었는데 분명 저 정도 나이일 거야. 설마 같은 해에 입학하게 되다니……."

"그래도 아직 열 살도 안된 것 같은데 인맥인가?"

"멍청아. 대현자의 학교에서 인맥이 통할 것 같아? 실력이야, 실력."

전사학과 신입생 모두의 시선이 로라에게 집중됐다.

살면서 이만큼 주목받아본 적이 없었던 로라는 얼굴이 빨개져서 잰걸음으로 장치 앞으로 갔다.

그리고—.


이름 : 로라 에드몬즈

검 적성 : 107

창 적성 : 99

도끼 적성 : 74

활 적성 : 68

격투 적성 : 75

로라의 수치에 모두가 아연실색했다.

교사조차 입을 딱 벌렸다가 쓴웃음을 지었다.

"검 적성이 100을 넘다니…… 대단하군. 어쩌면 학교 설립 이래 최초일지도 몰라."

측정한 수치는 어림짐작에 지나지 않는다.

천재라도 자만하면 거기서 끝이다.

교사는 그렇게 말했었지만 로라의 수치를 보고 눈을 반짝였다.

로라도 우쭐했다.

딱히 과시할 생각은 없었지만 자신의 검 재능을 이렇게 수치로 확인하고 기쁘지 않을 리 없었다.

안나보다 높게 나온 것도 안심이었다.

이러니저러니 해도 안나보다 검 적성이 낮으면 어쩌나 하고 내심 불안했던 것이다.

그 안나는 로라를 노려보고 있었다.

상대도 이쪽을 의식했던 모양이다.

역시 라이벌이었다.

수치 차이는 9. 분명 노력하기에 따라 뒤집힐 것이다.

"자, 다음은 마법 적성이다."

그건 흥미가 없었다.

오히려 보고 싶지 않았다.

그럭저럭 높은 수치가 나오겠지.

연습하지 않고도 마법을 쓸 수 있었으니까.

그러나 로라는 마법을 쓸 생각은 눈곱만큼도 없었다.

따라서 어떤 수치가 나오든 무시할 작정이었다.

그렇게 마음을 정했었는데—.


공격 마법 적성 : 9999


"응?"

"어?"

"무슨!"

"고장인가?!"

"999라니 말이 돼?!"

"멍청아, 자릿수가 달라. 9999야!"

공격 마법 수치를 본 학생과 교사가 너나 할 것 없이 괴성을 내
질렀다.

압도적 차이.

지금까지 표시됐던 수치와는 명백히 차원이 달랐다.

100을 넘었다고 호들갑을 떨었었는데 9999였다.

이 상황을 이해한 사람은 아무도 없었다.

로라도 얼어붙은 채 차례로 표시되는 자신의 적성을 바라볼 수밖에 없었다.

그것은 악몽 같은 광경이었다.


방어 마법 적성 : 9999

회복 마법 적성 : 9999

강화 마법 적성 : 9999

소환 마법 적성 : 9999

특수 마법 적성 : 9999


로라의 의식은 안드로메다로 날아갔다.

검사가 될 거야. 마법 따윈 쓰지 않아.

그렇게 이상을 불태웠던 아홉 살 소녀의 마음에 이 현실은 충격이 너무 컸다.

"로라, 로라. 잠시 이쪽으로 와주겠니!"

정신이 들자 로브 차림을 한, 한눈에도 마법사처럼 보이는 교사가 로라에게 손짓을 하고 있었다.

"이미 얘기는 끝났어. 넌 마법학과야. 오늘부터 잘 부탁해! 이야, 생각지도 못한 수치야. 너 같은 인재를 받게 돼서 기뻐. 재능이라면 대현자님조차 뛰어넘었어. 넌 마법의 역사를 새로 쓸지도 몰라!"

로라는 눈앞이 새하얘졌다. 그리고—.

"으, 으아아아아앙!"

울음을 터뜨리고 홱 쓰러져 완전히 기절하고 말았다.

※

눈을 뜨니 새하얀 천장이 눈앞에 펼쳐졌다.

여긴 어딜까.

적어도 집에 이런 방은 없다.

그러고 보니 마차를 타고 왕도에 왔고, 모험가 학교 교정에서…….

"아, 아아아앗!"

기억을 떠올린 로라의 머릿속에 네 자리 숫자가 엉겨 붙듯 떠올랐다.

9999. 꿈이어라. 착오여라.

난 검사를 꿈꾸는 소녀고 후방에서 소심하게 공격하는 마법사는 사절이다.

바싹 다가오는 흉악한 몬스터 떼. 그 속으로 동료들과 함께 돌진해 혼신의 힘을 다해 때려눕힌다. 아아, 멋져. 영웅담 속 주인

공 같아.

아니면 검사들끼리 하는 결투도 좋다. 칼날과 칼날을 부딪치며 불꽃을 튀기는 장면을 상상하는 것만으로도 가슴이 뛴다.

그런데, 그런데……!

"기억이 너무 선명해…… 난 마법학과로 옮겨졌고…… 그래서 기절했어……."

누군가가 양호실 같은 곳으로 옮겼겠지.

그런데 얼마나 누워 있었을까.

입학식은 어떻게 됐을까.

반에서 모두 자기소개를 할 텐데.

아버지와 어머니에게 학교생활을 듣고 기대했었는데.

"최악의 출발이야……."

로라는 중얼거리며 푹 고개를 떨구었다.

그때 옆에서 「으음.」 하고 신음소리가 들려왔다.

바로 옆에 사람이 있었다.

그 낌새를 지금까지 알아채지 못하다니 전사로서 터무니없는 실책이다. 아직 잠이 덜 깬 모양이었다.

"그런데 이 사람은 누구지?"

한 소녀가 자기와 같은 침대에 파묻혀 행복한 잠에 빠져 있었다.

나이는 20세 전후.

은백색 머리칼을 기른 무척 아름다운 사람이었다.

—은백색?

이 학교의 창립자이자 현역 학장, 대현자 칼로테 길드레아도 머리카락이 은백색이었다.

하지만 대현자는 300세를 바라보는 나이라고 들었다.

로라는 마법에 대해서는 거의 모르지만 마법으로 젊음을 유지한다고 해도 20세의 외모는 불가능할 거라고 판단했다.

어쩌면 학교 선배일지도 모른다.

기절한 로라를 이곳까지 데리고 온 사람이 이 사람이고, 그대로 함께 잠든 거라면…… 상당히 태평한 사람이다.

일단 일어나서 사정을 들어봐야 했다.

만에 하나, 억에 하나. 9999라는 수치와 마법학과로 전과한 것이 모두 꿈일 가능성도 있었다.

"저기요……."

지금껏 거의 고향 마을을 벗어나는 일 없이 살아온 로라가 낯선 어른에게 말을 거는 것은 다소 용기가 필요한 일이었다.

하지만 말없이 떠나려 해도 학교 구조를 몰랐다. 다시 자는 것은 당치도 않았다. 자기가 처한 상황을 빨리 확인하고 싶었다.

"으음……."

로라가 어깨를 흔들자 여성이 눈을 뜨고 천천히 윗몸을 일으켰다.

그리고 입을 크게 벌리고 하품했다.

미인이지만 칠칠치 못하다. 로라가 이런 푼수 같은 행동을 했다면 어머니에게 혼쭐이 날 것이었다.

"안녕, 로라. 너도 방금 일어났어?"

"아, 네."

이름을 알고 있었다.

역시 학교 관계자겠지. 어쩌면 교사일지도 모른다.

어쨌든 이 여성은 얼빠진 말투를 썼지만 낌새가 수상했다.

평범한 사람이 아니라는 확신이 들었다.

"그럼 몇 시쯤 됐으려나."

여성이 목에 건 회중시계를 열어 시간을 확인했다.

머리카락 색과 같은 은백색의 근사한 회중시계였다.

"벌써 낮이잖아. 다행이다. 멋지게 입학식을 땡땡이쳤어. 등잔 밑이 어두운 법. 설마 내가 로라 양과 자고 있을 줄은 아무도 몰랐겠지. 고마워. 덕분에 들키지 않고 넘어갔어."

"아…… 네."

어째 요령부득이지만 그러니까 이 여성은 입학식에 참석하기 싫어서 이곳에서 자고 있었던 모양이다.

"저기 당신은 학생이에요? 아니면 선생님?"

"음…… 굳이 따지자면 선생님일까? 아, 내가 여기 있었다는 건

© 2016 Riichu

비밀이야. 들키면 혼나.”

그녀는 그렇게 말하고 빙긋 미소 지었다.

젊은 외모로 볼 때 분명 신입 교사일 것이다.

신입 교사가 입학식을 땡땡이치고 낮잠을 자고도 전혀 부끄러워하는 기색도 없으니 기가 찼다.

다만 로라도 비슷한 상황이기에 뭐라고 말할 처지는 아니었다.

“그런데 전 어떻게 하면 되죠? 마법학과로 옮겨진 것까지는 기억나지만…… 전 전사학과에 가고 싶어요!”

“음…… 하지만 이미 결정됐어. 마법도 나쁘지 않아. 해보고 도저히 안 맞으면 그땐 나한테 상담하러 와.”

“……네.”

신입 교사에게 상담한다고 해결될 문제일까.

로라는 아직 사회를 몰랐지만 살짝 힘들다는 것은 짐작할 수 있었다.

직접 호소할 거라면 대현자 그 사람에게 해야겠지.

아, 그래. 찾아내서 항의하자.

“여기서 기다리면 곧 마법학과 선생님이 데리러 올 거야. 마음 편히 행동해. 그럼 난 들키기 전에 도망칠게.”

그녀가 은백색 머리칼을 휘날리며 침대에서 뛰쳐나갔다.

그 몸짓이 마치 한 폭의 그림 같아서 로라는 그만 넋을 잃고 바라보았다.

그리고 마지막으로 이것만은 묻고 싶었다.

"저기, 잠깐만요!"

"응, 뭔데?"

여성이 창문에 손을 댄 채 돌아보았다.

"……당신은 무척 강하죠? 그것도 터무니없이."

인정하긴 싫지만 아버지보다도, 어머니보다도.

"아…… 로라 양은 굉장하네. 그 나이에 알다니. 역시 전체 마법 적성 9999야. 장해, 장해."

여성이 일부러 로라가 있는 곳까지 돌아와 로라의 머리를 쓰다듬었다.

하지만 뭐가 장하다는 걸까.

이 정도로 강자의 오라가 새어나오면 누구나 알 수 있다.

"사람은 지나치게 큰 걸 보면 그걸 시야에 다 담을 수조차 없어서 『그곳에 있다』는 걸 인식하지 못해. 로라 양은 적어도 내 힘을 시야에 담은 거야."

"시야에 담다니…… 당신은 어른치고는 오히려 몸집이 작은 것 같은데요."

"어머. 작은 건 로라 양도 마찬가지잖아?"

"윽. 전 앞으로 더 클 거예요!"

무례한 말이었다. 로라가 작은 것은 아홉 살이기 때문이고 앞으로 얼마든지 자랄 여지가 있었다. 한편 눈앞의 여성은 이미 어른이라서 더 자라지 않는다. 똑같이 취급하는 것은 곤란했다.

"후후, 그래. 로라 양은 앞으로를 지켜볼 일이지. 어떻게 성장할지 기대돼…… 너라면 내 「이명」을 이을지도."

"……이명?"

로라가 대화를 따라가지 못하고 고개를 갸웃했다.

그때 갑자기 여성이 흠칫 놀란 표정으로 소리쳤다.

"아, 에밀리아가 온 것 같아! 도망치지 않으면 정말 혼날 거야!"

그녀는 지금까지의 태평했던 분위기에서는 상상도 못할 정도의 속도로 달려가 창문 밖으로 뛰어내렸다.

퍼석거리는 소리가 들렸다.

수풀인가 뭔가에 처박혔으리라.

"아, 잠깐만요. 이명이라뇨?"

로라가 창가로 달려가 밖을 살폈다.

전망 좋은 교정이 펼쳐져 있었다.

그러나 여성의 모습은 보이지 않았다.

"……사라졌어."

이 짧은 순간에 보이지 않는 곳까지 달려갔다?

그랬다면 가속 때문에 소리가 들렸을 법하다. 하지만 그녀는 너무도 조용히 자취를 감추었다.

로라가 의심스러워하고 있는데 누군가가 똑똑똑, 문을 두드렸다.

"마법학과 교사 에밀리아 아클랜드예요. 로라 에드몬즈 학생, 일어났나요?"

"아, 네……!"

데리러 온 교사도 젊은 여성이었다.

안경을 낀 푸른 머리칼의 여성. 길드레아 모험가 학교의 교사이니 분명 실력이 좋을 것이다.

실제로 몇 번의 전장을 경험한 눈빛을 가지고 있었다.

그러나 방금 전 여성에게 느껴졌던 정체 모를 오라는 조금도 느낄 수 없었다.

※

로라는 에밀리아 아클랜드를 따라 마법학과 1학년 교실로 가고 있었다.

올해 입학한 학생은 전사학과가 43명, 마법학과가 39명이다. 그러나 로라가 전과하면서 42명과 40명이 되었다.

어쨌든 한 반의 인원이고, 그것은 다른 해와 다르지 않은 것 같았다.

에밀리아가 말하길 로라가 기절해 있던 오전 중에 입학식, 교사 안내, 자기소개도 끝났다고 한다.

그리고 점심시간도 지났고 지금부터 오후 수업이 시작된다.

점심을 먹지 못한 것은 유감이지만 그만큼 저녁에 많이 먹기로 했다. 학교 식당은 무료였을 것이다.

"오후에는 훈련장으로 나가서 모두의 실력을 확인할 예정이지만, 그 전에 교실에서 로라 양의 자기소개를 하자."

"네. 그런데…… 역시 전 계속 마법학과인가요?"

"응. 싫어?"

싫다고 확실히 말하려 했다.

당연했다. 전사학과에 서류를 내고 시험을 쳐서 합격했다.

그런데 입학식 당일에 별안간 마법학과로 전과하게 됐으니 싫은 게 당연했다.

하지만 조금 전 양호실에서 들은 말이 묘하게 마음에 걸렸다.

마법도 나쁘지 않아.

그녀는 그렇게 말했었다.

다른 누군가가 말했다면 그 자리에서 잊고 말았을 진부한 말. 그러나 로라는 그렇게 정체 모를 인물과 만난 것은 처음이었다.

하지만 아버지와 어머니는 로라가 전사학과에 들어간다고 믿고 학비를 냈을 것이다.

그런데 마법학과에 들어가는 건 사기가 아닐까.

"저, 아버지와 어머니가 허락해주실까요? 입학금이나 수업료에 문제가 생기는 건……."

"그건 걱정하지 마. 이 학교는 국가 예산만으로 운영하고 있으니까. 즉, 무료. 네 부모님은 입학금도 수업료도 내지 않았어."

"그, 그런 거였어요?"

"그리고 학교의 이념은 청년의 재능을 키우는 것. 이 한 가지야. 즉, 너에게 마법 교육을 하지 않는 건 학교 이념에 위배돼. 학교 측 판단으로 학과를 옮기게 하는 건 전에도 있었던 일이고 계약서에도 적혀 있어. 넌 읽지 않았겠지만."

아홉 살인 로라가 계약서를 읽었을 리 없었다. 애당초 존재조차 몰랐다.

어쩌면 부모님도 읽지 않은 게 아닐까?

물론 계약서를 꼼꼼히 읽었다고 해도 로라가 마법학과로 전과하게 될 줄은 꿈에도 몰랐겠지만.

"……만약 제가 도저히 마법학과가 싫다면 어떻게 되죠?"

"어려운 질문이네…… 네가 조금만 더 평범한 학생이었다면 희망하는 대로 됐을지도 몰라. 하지만 네 마법 적성은 전부 9999고 역사상 최고의 수치야. 지금 이 학교는 널 주목하고 있어. 그 재능을 어떻게 키워나갈지를 두고 나를 포함한 교사 모두가 고민하

고 있어. 저기, 부탁이니까 우릴 믿고 마법학과에서 수업을 들어
봐. 마법도 재밌어! 직접 해보고 그래도 도저히 싫다면 그때 다시
한 번 이야기해보자. 응?"

에밀리아가 양호실에서 봤던 여성과 비슷한 말을 했다.

역시 재미있을지도 모른다.

그건 부정하지 않았다.

하지만 가장 재밌는 건 검이었다.

로라는 9년밖에 살지 않았지만 그 정도는 알았다.

아니, 안다고 생각하는 것뿐일까?

사실 마법을 써보면 의외로 마음에 드는 게 아닐까?

그럴 리는 없다고 생각하지만.

좋아. 그렇게까지 말한다면 한번 해보자.

"……알았어요. 일단은 마법학과에 들어갈게요."

"고마워, 로라 양! 오늘부터 잘 부탁해."

"……네. 잘 부탁드려요."

로라는 마법학과 교실에 들어갔다.

이때는 자신이 이곳에 익숙해질 리 없다고 단정했었다.

"······로라 에드몬즈. 아홉 살. 특기는 아버지께 배운 검이에요. 창술도 어머니께 조금 배웠어요. 좋아하는 음식은 오믈렛이에요."

마법학과 신입생 39명 앞에 서서 자기소개를 한 로라는 단단히 긴장했다.

전사학과였다면 그나마 나았겠지만 이곳은 마법학과였고 완전히 원정을 온 느낌이었다.

병아리 마법사들 앞에서 특기가 검이라고 단언하는 것은 실로 용기가 필요했다.

하지만 사실이니 어쩔 수 없었다.

그리고 마법에 대해서는 몰랐다.

과거에 두 번 사용했을 뿐이었다.

그 요상한 장치는 9999라는 황당한 수치를 내놓았지만 로라가 알 바가 아니었다.

"저 애가 9999의 아이······?"

"저렇게 작은데 정말 그렇게 굉장한가?"

"금방 알게 돼. 그리고 재능만으로는 강해질 수 없어."

"그래도 9999잖아."

여기저기서 수군대는 소리가 들려왔다.

발가벗겨진 기분이 들었다. 어떻게든 해서 전사학과로 도망칠 수는 없을까.

"자, 주목. 로라 양의 자기소개가 끝났으니 훈련장으로 이동할게. 나를 따라오도록."

신입생 39명. 거기에 로라를 더해 총 40명이 일렬로 서서 복도를 졸졸 따라 걸었다.

훈련장은 교사 바깥에 있었다.

벽돌 벽으로 둘러싸여 있고 학생 40명과 교사 한 명이 들어가도 비좁게 느껴지지 않았다.

천장이 없어 푸른 하늘이 그대로 보였다.

그러나 로라는 위화감을 느꼈다.

"……마력으로 둘러싸여 있어?"

지금까지 로라는 과거에 스스로 사용한 두 번 말고는 마법을 접한 적이 없었다.

하지만 이상하게도 이 훈련장이 마력으로 만들어진 벽에 덮여 있는 것을 알 수 있었다.

"역시 로라 양. 맞아. 이 훈련장은 늘 돔 형태의 방어 결계로 덮여 있어. 그래서 안에서 대규모 폭발을 일으켜도 주위에는 피해가 없으니 안심해."

에밀리아가 그렇게 말하자 학생들 사이에서 「오오.」 하고 환성이 터져 나왔다.

로라는 방어 결계가 그렇게 대단한 걸까 하고 고개를 갸웃했다.

그러나 대단한 것은 방어 결계가 아니라 그걸 꿰뚫어본 로라였던 모양이다.

"굉장해! 한 번에 알아채다니 얼마나 대단한 실력인 거야."

"난 전혀 몰랐어."

"나, 난 살짝 이상하다고 느꼈어! 조금만 더 있었으면 방어 결계도 알아챘어!"

"그야 시간을 들이면 나도……."

소란스러웠다. 아니, 부끄러웠다.

모두 자신보다 나이가 많은데도 존경의 눈빛을 보냈다.

이것이 검술이라면 지금까지의 노력을 인정받았다고 자랑스러워할 수도 있겠지만 지금은 칭찬받는 이유조차 알 수 없었다.

"자, 잡담은 거기까지. 오늘은 모두의 현재 실력을 보고 싶어. 한 명씩 과녁을 향해 공격 마법을 쏴보자. 불꽃이든 벼락이든 뭐든 좋아. 이해했지? 위력은 무시해도 좋으니 명중시키는 게 목표야. 그럼 하고 싶은 사람부터 이름을 대고 순서대로 시작해."

에밀리아가 그렇게 말한 뒤 손가락을 팡, 튕겼다.

그러자 훈련장 안쪽에 마법진이 펼쳐졌다.

뭔가가 나온다고 로라가 생각한 순간, 마법진에서 불꽃이 튀어

나왔다.

그 불꽃이 일렁이더니 사람의 형상을 갖추고 성인 남성 정도의 크기로 변했다.

"와…… 정령 소환이야……."

"저렇게 젊은데…… 역시 길드레아 모험가 학교 교사는 굉장해."

아무래도 이건 굉장한 기술인 것 같았다.

그러나 마법 지식이 없는 로라에게는 전혀 와닿지 않았다.

"저기…… 정령 소환이 뭐예요?"

로라가 옆에 서 있던 소녀에게 조심스레 물었다.

소녀의 나이는 열네 살 정도로 신입생 중에서는 비교적 어린 편이었다.

금발을 나선형으로 돌돌 말아 세팅했고, 어쩐지 지기 싫어하는 표정을 짓고 있었다.

모두가 규정에 나와 있는 교복 차림인데 입학하기 전에 수선했는지 그녀의 교복만 프릴과 레이스가 많았다. 평범한 사람이 아닌 것 같았다.

하지만 나이 차이가 나는 사람이나 남자에게 말을 거는 것보다는 그나마 편했다.

"세상에. 로라. 굉장한 마법 적성을 가졌으면서 그런 것도 모르나요?"

"네…… 전 사실 검사 지망이라…… 마법은 배운 적이 없어요……."

로라가 솔직하게 말하자 금발 소녀가 욱하는 표정을 지었다.

뭐, 심정은 이해했다. 여기 있는 사람들은 모두 일류 마법사가 되기 위해 왔다. 그런 곳에 마법에 관심이 없는 사람이 섞여 있는 것을 용납할 수 없는 것이다.

하지만 달리 어떻게 설명하란 말인가.

로라도 이런 상황이 펼쳐질 줄은 몰랐다.

오늘 아침까지만 해도 기대로 가슴을 부풀렸었다.

지금은 「의욕」의 「의」 자도 없었다.

"어머, 그래요! 하지만 공부도 연습도 없이 재능만으로 최고가 될 수 있다고 생각하지 마세요! 1학년 넘버원은…… 아니, 이 학교의 최강 마법사는 이 샬롯 가자드예요!"

"샬롯 씨군요. 기분 나빴다면 미안해요. 전 넘버원이 될 수 있다고 생각하지 않아요. 그러니까…… 원하시는 대로 하세요."

"……흥. 의욕이 없군요. 괜히 경쟁의식을 불태웠네요."

샬롯은 로라에게 흥미를 잃었는지 고개를 홱 돌렸다.

그 대신 다른 남학생이 친절히 『정령 소환』에 대해서 설명해줬다.

말하자면 이 세계에는 정령이라는 존재가 가득차 있다고 한다.

물에도 불꽃에도 벼락에도 흙에도 빛에도 어둠에도. 온갖 사물에 정령이 깃들어 있으며 그 정령에게 말을 걸고 자신의 마력

© 2016 Riichu

을 바침으로써 기적을 일으킨다.

그것이 바로 마법이다.

그리고 고위의 마법사는 에밀리아가 한 것처럼 정령 자체를 소환해 자신의 마력을 써서 구현화하고 정령을 부릴 수 있다.

"그렇군요…… 굉장한 버전의 하인이네요."

"뭐, 그런 해석도 가능한가."

가르쳐준 남학생이 묘한 표정을 지었다.

아무래도 로라의 해석이 마음에 들지 않아 보였다.

"내가 소환한 불꽃 정령이 과녁이야. 아까 위력은 무시해도 좋다고 했는데, 있는 힘껏 해서 부숴도 좋아. 스무 마리는 더 소환할 수 있으니까."

"스무 마리…… 뭐, 교사라면 그 정도는 하는 게 당연해요."

말은 그렇게 했지만 샬롯의 목소리는 떨리고 있었다. 불꽃 정령 스무 마리를 소환하는 것은 굉장한 일이고 샬롯은 그럴 수 없다. 그래서 분한 것이다.

짐작은 했지만 입학 첫날에 교사에게 져서 분해하다니 대단한 성격의 소유자였다.

로라는 샬롯을 『별난 사람』이라고 생각했다.

그러나. 문득 자신을 겹쳐보이자 무척 공감이 갔다.

예정대로 전사학과에 들어가 자기보다 훨씬 뛰어난 교사의 검술을 보게 된다면.

그 날은 분해서 잠들지 못할지도 모른다.

'웬지 갑자기 샬롯 씨가 좋아졌어……!'

마법학과에 거는 기대는 전혀 없지만 샬롯과는 친구가 될 수 있을지도 몰라. 그렇게 생각하고 싱글거리면서 샬롯을 바라봤다.

그리고 눈이 맞았다.

"……흥!"

외면당했다.

로라는 슬퍼져서 어깨를 떨구었다.

※

"좋았어. 내가 먼저 해보지. 명중률에는 자신 있으니까."

샬롯보다 연상인 남학생이 앞으로 나가 손바닥에 마력을 모았다. 그리고 물로 만들어진 화살을 쏘았다.

화살은 곧장 날아가 오십 보 정도 앞에 있는 정령에게 멋지게 명중했다. 그러나 정령이 가진 열량 앞에 순식간에 증발해 대미지를 입히지는 못했다.

"좋아. 명중이야. 자, 다음 사람."

두 번째는 에밀리아와 별반 다르지 않은 나이의 여성이었다.

분명 경험을 쌓았을 거라고 생각했더니 그녀는 빗맞히고 말았다.

세 번째 사람도 실패였다.

마법을 명중시키는 것은 의외로 어려운 듯했다.

"그럼 슬슬 제가 본보기를 보여드리죠."

네 번째는 샬롯이었다. 온몸에서 자신감이 흘러넘쳤다.

"오, 드디어 나왔군. 가자드가의 장녀."

"공격 마법 적성이 120이니까…… 분명 굉장할 거야."

"9999에 가려졌지만 120도 충분히 천재야."

"충분하다기보다 수십 년에 한 번 꼴로 나올 인재야…… 9999 때문에 빛도 못 보게 됐지만."

로라는 자꾸 9999라고 하지 않았으면 좋겠다고 생각했다.

"빛이여. 내 마력을 바친다. 따라서 계약이다. 적을 쳐부숴라—."

샬롯이 외치는 이것은 로라도 알고 있는 주문이라는 존재였다.

마법사가 마법의 이미지를 더욱 또렷하게 하기 위해서 외치는 말.

보통은 말하면서 뭔가를 하면 정신이 산만해진다고 생각할 수도 있다.

그러나 뛰어난 마법사는 주문을 외침으로써 스스로의 정신을 발전적으로 변화시키고 마법 효과를 높인다.

어머니에게 그렇게 배웠다. 옆에서 듣고 있던 아버지는 마법사다운 잔재주라고 잘라 말했다.

하지만 눈앞에서 주문을 외고 마력을 높인 샬롯의 모습은······
분명 근사했다.

아름다웠다. 늠름했다. 넋을 놓고 바라보았다.

검술이야말로 최고라고 믿어온 로라가 하필이면 마법사 소녀에
게 시선을 빼앗겼다.

샬롯의 손바닥에서 섬광이 스쳤다.

하얗게 빛나는 빛의 포격이었다.

앞선 학생들과는 확연히 수준이 다른 위력이었다.

그것은 공간 자체를 가르듯이 불꽃 정령을 맞히고 꿰뚫었다.

정령을 구성한 불꽃이 흩어지며 그대로 사라졌다.

더욱이 빛의 포격은 정령 뒤에 있던 벽에 부딪쳐 굉음을 일으켰다.

"훌륭해, 샬롯 학생. 설마 갓 입학한 학생이 불꽃 정령을 쓰러
뜨릴 줄은 몰랐어."

"후후. 이 정도는 가자드 가문으로서 당연해요."

그렇게 말한 샬롯이 금발을 손으로 쓸어 올렸다. 평정을 가장
하고 싶은 것이겠지만 선생님에게 칭찬받은 것이 기뻤는지 뺨이
붉게 물들었다.

상당히 알기 쉬운 성격인지도 모른다.

"모두들. 이제 이 훈련장의 결계 강도를 알았지? 보시다시피 이
정도 위력의 마법에도 탄 환 자국 하나 남지 않았어. 그건 하늘

을 향해 쏴도 마찬가지. 바깥에 피해는 없어. 그러니 모두들 안심하고 맘껏 쏴."

에밀리아가 새로운 불꽃 정령을 소환했다.

다섯 번째, 여섯 번째 학생들이 차례로 도전했다.

로라는 그 모습을 줄곧 뒤에서 지켜봤지만 명중시킨 학생은 전체의 70퍼센트 정도였다.

정령을 파괴시킨 학생은 샬롯이 유일했다.

살짝…… 아니, 몹시 실망했다.

샬롯의 마법을 보고 기대를 품었던 만큼 그 뒤에 나온 학생들의 한심함에 화가 났다.

이 사람들은 뭐야. 고작 명중시키는 게 한계일까.

이게 검이라면 아무 연습도 하지 않은 사람이라도 맞힐 수 있어.

역시 마법은 틀렸어. 검이 더 대단하다고 생각할 수밖에 없어.

"남은 건 로라뿐이야. 자, 맘껏 실력 발휘를 해줘."

"후후. 솜씨를 볼까요."

에밀리아와 샬롯이 기대감을 숨기려는 기색도 없이 로라를 바라봤다.

다른 학생들도 비슷한 반응으로 적성치 9999가 어떤 마법을 쏠지를 주목했다.

'으아…… 긴장돼. 하지만 이번 기회에 진지하게 임해서 초라한

마법밖에 쓰지 못한다면 전사학과에 보내줄지도 몰라!'

"그, 그럼 로라 에드몬즈, 하겠습니다!"

모두의 시선을 받으면서 한 걸음 앞으로 나갔다.

불꽃 정령을 향해 손바닥을 펼치고 의식을 집중했다.

주문을 외자. 어떻게 하는지는 모른다. 기술도 모르고 수련도 하지 않았다.

하지만 오늘 본 것 중에서는 샬롯의 방법이 가장 와닿았다.

그걸 흉내 내자.

"빛이여―."

이다음에 이어질 말은 『내 마력을 바친다. 따라서 계약이다. 적을 쳐부숴라.』였다.

하지만 머릿속으로 외쳐 봐도 뭔가 아닌 것 같은 기분이 들었다. 그래서 나름대로 바꿔보았다.

"내 마력을 마셔라. 모여라, 따라라, 엎드려라. 그리고 명령한다. 만물을 유린해라. 왕이 누군지 아는 게 좋을 것이다―."

과연?

저절로 술술 입에서 흘러나왔지만 몹시 허세 기가 있는 주문이다. 그리고 위압적이다.

이런 거만함에 정령이 따라줄까.

로라가 그런 의문을 품자―

"아, 잠깐, 로라 학생! 멈춰!"

"응?"

에밀리아가 말렸을 때는 이미 늦은 뒤였다.

로라의 손바닥에서 빛의 포탄이…… 아니, 빛의 파성퇴가 뿜어져나간 뒤였다.

훈련장 전체가 빛에 휩싸였다. 너무 밝아서 눈을 뜰 수가 없었다. 열기가 얼굴을 때렸다. 곧이어 로라가 쏜 파성퇴가 불꽃 정령에 충돌해 순식간에 소멸시켰다. 그대로 훈련장을 에워싼 방어 결계로 돌진했다.

지진이 일어났다.

대기가 진동했다.

그리고, 하늘이 갈라졌다.

"아아아! 아아아앗! 방어 결계, 복원, 강화! 새로운 결계 구축, 학생을 보호해라. 강화, 강화, 강화, 강화아아앗!"

에밀리아가 비명을 내지르고는 갖가지 마법을 사용했다.

로라는 보고 있는 것만으로도 그 모두를 손에 잡힐 듯 알 수 있었다.

우선 훈련장의 결계 복원과 일시적 강화로 파성퇴가 일으킨 폭발이 외부로 새어나가지 않게 한 것 같았다.

그 후 이곳에 있는 학생 모두와 에밀리아 자신을 감싸는 새로운 결계를 만들고, 가진 모든 마력을 다해 강화. 오로지 강화했다.

그러나 이미 늦은 뒤였다. 분명 에밀리아가 만든 결계에는 구멍이 뚫려서 학생들이 적지 않은 피해를 입었을 것이다.

그렇다면 원흉인 로라가 새로운 결계를 다시 강화해주면 그뿐인 이야기였다.

"……강화."

작게 읊조려 에밀리아가 친 결계에 자신의 마력을 추가했다.

타인의 마법에 개입하는 것이 얼마나 고급 기술인지를 전혀 인지하지 못한 채, 로라는 태연히 그 일을 해냈다. 그 덕에 모두가 무사했다. 피해도 외부로 확산되지 않았다.

하지만 타지 않는 벽이 새까매져 있었다.

에밀리아의 판단과 로라의 강화가 조금이라도 늦었다면 어떻게 되었을지 몰랐다.

"아, 세상에…… 로, 로라 학생, 이미 나보다 강해? 길드레아 모험가 학교 교사이자 A랭크 모험가, 그리고 『용을 죽인 자』라는 이명을 대현자님께 부여받은 나보다…… 뭐, 뭐? 말도 안 돼…… 그런 건 말 도 안 돼!"

에밀리아가 뭐라고 중얼거리고는 자신의 뺨을 찰싹 때렸다.

그렇게 움직인 것은 그녀뿐이고 다른 사람들은 모두 멍하니 우뚝 서 있었다.

목소리를 내는 사람조차 없었다.

당사자인 로라는 자신의 손바닥을 보면서 흥분하고 있었다.

"저 빛을, 저 위력을…… 내 힘으로……?"

아버지와 어머니가 알면 꾸중을 들을 일이었다.

하지만 이미 알아버렸다. 마력을 날카롭게 다듬어 있는 힘껏 쏘는 검으로는 맛볼 수 없는 최고의 파괴력을!

이건 그만둘 수 없다.

'아니, 안 돼! 난 로라 에드몬즈. 검사을 꿈꾸는 소녀야!'

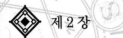 

　입학 첫날 수업은 훈련장에서 한 테스트가 끝이었다. 그리고 교실로 돌아와 담임인 에밀리아의 종례를 듣고 끝났다.

　"아…… 오늘은 입학 첫날이기도 하고…… 모두들 힘들었을 테니 곧바로 기숙사로 돌아가 쉬도록 하세요. 특히 오후에는 힘들었죠…… 선생님도 힘드네요. 그럼 해산."

　아무리 봐도 가장 지친 것은 에밀리아다. 뺨이 홀쭉했다.

　"아, 그렇지…… 로라 학생. 로라 학생의 짐은 양호실에 그대로 있으니까 기숙사로 옮겨둬. 그럼……."

　에밀리아는 그렇게 말하고 교실을 나갔다.

　그 후 학생들도 자리에서 일어나 왁자지껄 떠들면서 교실을 나가거나 남아서 잡담을 나누었다.

　로라는 그 무리에 낄 수 없었다. 아무래도 오전 중에 어느 정도 그룹이 형성된 것 같았다.

　그렇다고 로라가 무시당하는 것은 아니었다. 모두가 힐끔힐끔 시선을 보냈다. 그러나 말을 걸러 오지는 않았다.

　흥미 반, 두려움 반이었다.

'훈련장에서 너무 오버했나……?'

마법사에 대해서 거의 모르는 로라도 자신의 능력이 다른 학생들과 다르다는 것은 알았다.

"로라, 로라. 오전 내내 누워만 있어서 여자 기숙사가 어디 있는지 모르죠?"

멍하니 있는 로라에게 난데없이 누군가가 말을 걸어왔다.

시야 끝에 비친 것은 황금색 나선.

샬롯 가자드다.

"아, 네…… 하지만 누구에게 물어야 할지……."

"내가 안내해줄게요."

"네?"

그것은 몹시 뜻밖인 말이었다.

샬롯에게는 틀림없이 미움을 샀다고 생각했다.

"뭘 멍하게 있어요? 우린 같은 방이에요. 지금 방에 갈 거니까 따라와요."

과연. 그런 거였나. 하지만 무시당하지 않은 것만으로도 기뻤다. 로라는 무심코 미소를 지었다.

"왜, 왜 웃는 거죠……?"

"아무것도 아니에요. 그런데 양호실에 짐을 가지러 가도 될까요?"

"네. 제가 그 정도도 못 기다려주는 편협한 사람처럼 보이나요?"

"샬롯은 친절하네요!"

"이 정도 일로요?!"

로라는 샬롯과 함께 양호실로 가 짐을 찾아 기숙사로 향했다.

그 사이에 대화는 거의 나누지 않았지만 로라는 같은 반 학생과 나란히 걷는 것만으로도 즐거웠다.

어째서 이렇게 즐거운 건지 처음에는 알지 못했다.

그러나 곰곰이 생각해보니 어렸을 때부터(지금도 어리다) 줄곧 검 연습만 하느라 또래와 어울린 적이 거의 없었다.

아버지의 교육이 편향되어 있었다는 것을 절실히 깨달았다.

그런 치우친 생활도 즐거웠지만…… 여기서 한번 제대로 된 학교생활을 해보자.

"여기가 우리 방이에요."

"고마워요. 우와, 꽤 넓네요."

침대, 옷장, 책상이 각각 두 개씩 있었다.

생활에 필요한 최소한의 물품이 갖춰져 있었다.

랜턴도 하나 있었지만 마법학과 학생은 마력으로 조명을 만들 수 있어서 이것은 필요 없었다.

로라는 갈아입을 옷과 수건이 든 가방, 그리고 애용하는 검을 바닥에 내려두고 침대에 걸터앉았다.

꽤 좋은 이불이었다. 폭신폭신했다. 이 정도면 수업 때문에 조금 지치더라도 한숨 자고나면 괜찮아질 것이다.

"샬롯. 앞으로 졸업까지 잘 부탁해요!"

"……네, 잘 부탁해요. 하지만 로라, 한 가지 확실히 해두겠어요."

"뭔데요?"

"난 누구와도 필요 이상으로 친해질 생각은 없어요. 내 현재 목표는 학교 최강의 학생이 되는 것. 그러니까 다 라이벌. 특히 로라. 당신은 적이에요!"

샬롯이 그렇게 말하며 로라를 휙, 손가락으로 가리켰다.

"네? 적이요?!"

"그래요. 조금 전 훈련장에서의 일격. 그건 뭐죠? 나와 똑같은 마법이면서 나보다 훨씬 높은 위력. 일부러 보여준 건가요? 질투라고 생각해도 상관없지만…… 솔직히 불쾌했어요!"

불쾌하다. 그렇게 말하는 샬롯의 표정에는 정말로 분노가 어려 있었다.

"나, 난…… 단지……."

단지 샬롯의 마법이 멋있어서. 그래서 흉내 냈다. 나쁜 뜻은 없었다.

하지만 샬롯의 입장에서 생각하면 확실히 무시당한 것처럼 느껴졌을 것이다.

로라가 한 행동은, 나는 네가 할 수 있는 건 더 잘할 수 있어,

라고 말한 것과 다름없었다.

"미안해요…… 마법을 잘 몰라서, 오늘 본 사람들 중에 샬롯이 제일 멋있어서 그만 따라 했어요…… 나도 그런 위력이 나올 줄은 몰랐어요…… 샬롯의 기분도 생각하지 않고……."

사과하는 방법조차 몰랐다.

지금 이 말도 옆에서 들으면 자랑으로 들릴지도 모른다.

어째서 이렇게 돼버렸을까.

전사학과에 들어가 반 애들과 열심히 수련하고 친구를 만들어 방과 후에는 남아서 검을 연습하거나 거리로 놀러 가는 그런 학교생활을 상상했었는데…….

이래서는 친구 한 명 만드는 것조차 쉽지 않을 것이다.

마법도 좋아지기 시작했는데…….

"아, 자, 잠깐, 왜 울어요……?!"

"그야, 내가 샬롯에게 심한 짓을……."

"아니, 로라는 아무 잘못도 없어요. 내가 멋대로 비뚤어지게 생각한 것뿐이고…… 아, 정말. 이럼 내가 완전히 악역이잖아요!"

샬롯이 손수건을 꺼내 로라의 눈물을 닦아줬다.

"이건 내가 나빴어요. 사과할게요. 미안해요. 그러니까 그만 울어요."

"용서해주는 거예요?"

"사과할 필요 없어요. 내가 나빴어요. 나보다 한참 어린 여자애를 진심으로 질투하다니 나도 내가 부끄러워요. 졌으면 노력해서 언젠가 이기면 되는 건데……."

노력해서 언젠가 이긴다. 지나치게 당연한 정론이다.

분명 어떤 세계에서든 그것은 기본적인 사고방식이다.

그러나 로라의 마법 적성치는 전체가 9999다.

노력으로 넘어설 수 있는 걸까? 보통은 체념하지 않을까?

"로라. 내 공격 마법 적성은 120이에요. 다른 마법 적성도 100 전후. 다시 말해 로라의 약 100분의 1이에요."

즉, 따라잡는 것은 불가능하다.

"그러니까, 로라보다 백 배 더 노력하면 돼요. 지지 않을 거예요. 이 학교 최강 마법사가 되는 건 이 샬롯 가자드예요!"

로라가 깜짝 놀라 고개를 들었다. 샬롯이 똑바로 시선을 맞췄다.

"로라. 로라는 좋든 싫든 특별해요. 분명 이런저런 소리를 듣겠죠. 험담도 들을 거예요. 나처럼 질투하는 사람. 대놓고 악담을 하는 사람도 있을 거예요. 하지만 늘 전력을 다해주세요. 남을 배려하느라 적당히 하진 말아주세요. 난 반드시 따라잡을 거예요. 로라를 이길 거예요. 적당히 봐주는 건 상대에 대한 모욕임을 아세요!"

아, 마법의 세계에서 이렇게 올곧은 사람이 있는 걸까.

마치 검을 잡았을 때의 아버지 같은 눈동자다.

로라는 샬롯을 멋있다고 생각했던 이유를 진정으로 깨달았다.

그녀는 질주하는 빛이다.

앞만 보고 나아가는 반짝임이다.

그런 그녀가 지금 자신을 보고 있었다.

뭐라고 답하면 되지? 고마워요? 잘 부탁해요? 아니다. 그 얼빠진 소리는 뭐야.

아버지와 어머니께 뭘 배운 거야.

검사과 마법사라는 차이는 있지만 해야 할 말은 다르지 않았다.

그렇다. 단 하나의 간단한 대답.

"나도, 지지 않아요!"

이 순간, 로라와 샬롯은 친구가 되었다.

※

로라와 샬롯은 함께 학교 식당에 가서 저녁을 먹었다.

로라는 오믈렛과 샐러드를, 샬롯은 비프스튜를 시켰다.

'이 오믈렛…… 나쁘진 않지만 어머니가 만들어준 게 더 맛있어.'

로라는 첫날부터 향수병에 걸릴 것 같았다.

그 후 기숙사 대중탕에서 오늘 흘린 땀을 씻어낸 뒤 잠옷으로 갈아입고 방으로 돌아왔다.

"저기, 샬롯. 이왕이면 침대를 붙여요."

"……왜요?"

"그야 그러는 게 더 재밌을 것 같잖아요!"

"딱히 상관없지만 제법 무거울 거예요."

"문제없어요! 전 원래 전사학과에 들어갈 예정이었으니까요. 웃챠!"

로라가 혼자서 가볍게 침대를 들어 다른 침대 옆에 붙였다.

"……그렇게 작으면서 굉장하네요."

"……헤헤. 부모님께 물려받은 힘이에요."

둘이서 나란히 침대에 엎드려 누웠다.

모처럼 침대를 붙였으니 사람도 붙지 않으면 손해라며 로라가 샬롯 옆으로 데굴데굴 굴러갔다.

"아, 너무 더워요!"

유감스럽게도 휙 튕겨졌다.

"샬롯. 우리 자기 전에 수다 떨어요. 여기 오기 전의 이야기나 졸업하면 뭘 하고 싶다거나."

"빨리 자는 게 좋지 않을까요? 내일도 수업이 있잖아요."

"조금만요. 전 샬롯에 대해서 좀 더 알고 싶어요!"

"……길게는 안 돼요."

"네!"

정말이지 난감한 여자애와 한 방을 쓰게 됐다며, 샬롯은 쓴웃음을 지었다.

샬롯에 대해서 알고 싶다고 해놓고는 일방적으로 자기 이야기를 했다.

아버지가 얼마나 강한 검사인지, 어머니가 만든 오믈렛이 얼마나 맛있는지. 고향 마을 근처에 깨끗한 호수가 있어서 자주 낚시를 가곤 한 일과 학교에 도착하기 전에 왕도에서 미아가 될 뻔했던 일.

잔뜩 떠든 뒤에 먼저 잠들어버렸다.

"난 아무 말도 안 했는데요."

그 잠든 얼굴이 또래 아이답게 무척 사랑스러워 보고만 있어도 미소가 떠올랐다.

하지만 이 아이는 괴물이다. 훈련장에서 보여준 터무니없이 강한 마력. 분명 그것은 한계치가 아니다.

그게 전부일 리가 없다. 아직 마력을 짜내지 않았다. 그리고 아직 더 성장한다.

이 아이를 정말 이길 수 있을까? 위세 좋게 떠들었지만 스스로도 그렇게 믿고 있는 걸까?

적성치 9999. 그 진가는 아직 누구도 본 적이 없다.

아니, 그럼에도. 상대가 누구든 이기겠어. 그렇게 마음먹고 입학했다.

그렇다면 간단하다. 스스로 말한 대로다.

로라를 방해하지 않는다. 그리고 로라보다 백 배 노력해서 넘어선다. 이긴다는 것은 그런 것이다.

"그건 그렇고…… 잠이 오지 않네요."

옆에서 새근새근 잠든 로라가 부러웠다.

잘도 새로운 환경에서 금방 잠드는구나 하고 감탄했다.

게다가 이 아이는 오전 내내 잤을 터였다.

숙면 적성이라는 게 있다면 그것도 9999겠지.

"이불이 달라. 베개도 달라. 무엇보다……."

집에서 늘 안고 자던 봉제인형이 없었다.

샬롯은 그 인형 없이는 잠들지 못했다.

그러나 이미 열네 살. 언제까지고 인형을 안고 자는 것은 꼴사나웠다.

하물며 학교 기숙사는 2인 1실. 이번 기회에 인형을 졸업하려고 집에 두고 왔지만 잠들 수가 없다. 피곤한데 잠들지 못하는 상태에 놓여 있었다.

"……이렇게 된 이상, 최후의 수단을 쓰는 수밖에 없어요."

샬롯이 로라를 바라봤다. 이 아홉 살 소녀는 그 인형과 크기가 같다.

앞서 대중탕에 들어갔을 때부터 줄곧 생각했던 거지만 안는 느낌이 무척 좋을 것 같았다.

아, 더는 못 참아.

살짝 안았다가 로라가 깨기 전에 먼저 일어나면 들킬 일은 없다. 문제가 없을 것이다.

"로라…… 실례할게요……!"

결심을 굳히고 껴안았다.

그 순간, 온몸으로 최고의 감촉을 느꼈다.

그 봉제인형과 같은, 아니, 그 이상의 포근함.

냄새도 좋았다. 목욕을 해서 그런가? 아니면 로라한테서 나는 냄새일까?

어느 쪽이든 이건 굉장했다. 낙원이었다.

'하늘을 날 것만 같아!'

이렇게 샬롯은 겨우 안심하고 잠들 수 있었다.


다음 날 아침.

"내, 내가 왜 샬롯에게 안겨 있는 거예요?! 무슨 일이 있었던 거지?! 샬롯, 일어나요! 못 움직이겠어요!"

"흠냐……."

"우…… 뭔가, 잠든 얼굴이 무척 행복해 보여요. 아직 조금 시간이 이르니 다시 잘까……."

그렇게 그대로 늦잠을 잔 두 사람은 사이좋게 아침 조회에 늦어 에밀리아에게 야단을 맞았다.

※

마법학과 수업은 이론 수업이 60퍼센트, 실기 수업이 40퍼센트였다.

아직은 입학한지 얼마 안 됐으니 우선 제대로 된 지식을 습득시키는 것이 방침이었다.

이론 수업에서는 세계사와 현재의 세계정세, 몬스터의 분포와 그 대처법, 마법 역사와 이론 따위를 배웠다. 정체불명의 고대 문명에 관한 사소한 정보도 배웠다.

그리고 실기. 이것은 로라의 하품을 유발했다.

에밀리아가 쏜 약한 공격 마법을 방어 마법으로 막거나 마력을 한 시간 동안 계속 방출해 지구력을 기르거나 멀리 떨어져 있는 목표를 쏘는 것은 지루할 뿐이었다.

전부 쉬운 내용이었다.

그러나 반 아이들에게는 어려웠는지 로라와 샬롯 말고는 고전

했다.

그것에 대해 샬롯에게 푸념하자 의외로 상식적인 답변이 돌아왔다.

"수업 진도가 느린 건 어쩔 수 없어요. 이 학교가 아무리 낙제생을 가차 없이 잘라버린다고 해도 적성치 100인 학생에게 맞출 수는 없어요. 기준은 50. 그것만 해도 일반적으로는 우수한 수준이에요. 지루하다는 데는 동의하지만 수업 수준은 언젠가 올라요. 그때까지는 방과 후에 자율 훈련을 하는 게 좋겠죠. 난 이미 그러고 있어요."

그렇다. 그것도 로라의 불만의 원인이었다.

입학한 지 오늘로 사흘째. 함께 기숙사로 돌아간 것은 첫날뿐이고 그 후로는 따로따로였다.

샬롯이 도서관에 틀어박히거나 선배에게 도전장을 내밀어 훈련장에서 결투를 벌였기 때문이다.

이 학교에서는 결투가 교칙 위반이기는커녕 오히려 권장 사항이었다.

학생의 향상심을 자극한다는 이유로 교사만 참여한다면 훈련장이나 투기장에서 학생끼리 싸울 수 있었다.

또 교사 중에서도 학생들의 결투를 보는 게 취미인 골치 아픈 선생이 많아 참관인이 부족한 일도 없었다.

현재 로라에게는 도서관에 틀어박혀 공부할 정도의 향상심은 없었다. 샬롯에게는 지지 않겠다고 말했지만 수업만으로도 머리가 지끈거려서 방과 후까지 앉아서 공부할 마음은 들지 않았다.

물론 선배에게 도전장을 내미는 것은 생각도 하지 않았다.

자율 훈련도 무얼 하면 좋을지 몰랐다.

애당초 연습이니 훈련이니 하는 것은 달성 목표가 있어서 하는 것이지 자기보다 강한 마법사를 알지 못하는 로라는 목표를 세울 수도 없었다.

교사인 에밀리아가 진지하게 싸운다면 로라보다 강할지도 모른다.

그러나 한동안 에밀리아의 진짜 실력을 볼 기회는 없을 것이다.

따라서 로라는 방과 후에 시간이 남아돌았다.

샬롯 말고는 친구도 없었다.

반 애들에게 먼저 다가가 친구를 만들면 되지만 모두 연상이라 주눅이 들었다. 더구나 무슨 말을 하면 될지도 몰랐다.

검 이야기라면 얼마든지 할 수 있지만…….

그래서 로라는 남아도는 시간을 주체하지 못하고 방에서 검을 닦으면서 하루하루를 보냈다.

그러다 문득 이런 생각에 이르렀다.

'그래. 전사학과에도 남겨진 사람이 있을지도 몰라. 특히 검 적성치가 98이었던 안나. 그 애도 수업이 따분해서 자율 훈련을 하

고 있을 거야!'

보러 가자. 잘 되면 끼워달라고 하자. 그리고 친구로 만들자.

'쇠뿔도 단김에 빼랬어!'

검을 자루에 집어넣고 벨트로 묶어 허리에 고정했다.

그리고 전사학과 훈련장으로 향했다.

길드레아 모험가 학교의 건물과 기숙사는 전사학과와 마법학과
가 함께 썼지만 훈련장은 따로였다.

전사와 마법사는 해야 할 훈련이 전혀 다른 데다 훈련장이 하
나로는 부족하다는 이유도 있었다.

전사학과의 훈련장이 가까워짐에 따라 챙챙, 하고 쇠가 부딪치
는 소리가 들려왔다.

훈련장 안은 열기에 휩싸여 있었다.

검과 창으로 모의 전투를 벌이는 학생도 있었다.

검을 휘두르는 학생도, 활 연습을 하는 학생도 있었다.

거울 앞에서 자세를 확인하는 학생, 근육 단련을 하는 학생,
명상하는 학생.

'이거, 이거야!'

로라는 참지 못하고 전율했다.

지금껏 아버지와 둘이서만 훈련했었는데 이렇게나 많은 사람이
검을 휘두르고 있다니.

검사뿐만이 아니라 창술사, 도끼술사, 궁사, 격투가 모두가 친척처럼 느껴졌다.

그런 친척들을 둘러본 로라는 찾던 사람을 발견했다.

"아, 있다!"

훈련장 끝에서 일사분란하게 검을 내리치는 붉은 머리칼의 소녀.

무시무시한 집중력으로 자신만의 세계에 빠져 있었다.

게다가 터무니없이 거대한 검이었다.

칼날의 길이는 로라의 키보다 길고 폭과 두께는 사전 수준이었다.

그런 쇳덩이 같은 검을, 어린 소녀가 휘두르고 있었다.

농담 같은 광경이지만 그것이야말로 로라가 길드레아 모험가 학교에 바라던 것이었다.

"안나!"

로라가 안나에게로 달려가며 이름을 불렀다.

그 순간, 안나가 휘두른 검이 궤도를 바꿔 로라의 목을 노렸다.

그에 순간적으로 반응한 로라가 허리에서 검을 뽑아 막았다.

훈련장 전체에 새된 금속음이 울려 퍼졌다.

팔이 파르르 떨렸다. 막지 않았다면 목이 날아갔을 게 틀림없었다.

"아."

자기가 저지른 일을 깨달았는지 안나가 검을 내리고 시선을 방황했다.

"미안…… 갑자기 달려와서 그만."

"아니, 나야말로 미안해요. 제대로 막았으니 괜찮아요. 그것보다, 굉장한 검이네요! 그리고 그걸 다루는 안나도 대단해요! 내가 그렇게 큰 검을 쓰면 오히려 내가 휘둘러버릴 거예요."

"고, 고마워……."

안나가 쑥스러운 듯 머리를 긁적였다.

솔직한 반응이었다. 역시 친구가 될 수 있겠다며, 로라는 안심했다.

"저기, 안나. 나랑 모의 전투 하지 않을래요?"

"바라던 바야. 나도 너에게 관심이 있었어. 하지만 넌 마법학과로 전과했을 텐데……."

"그렇지만 검이 좋아요. 그래서 참지 못하고 와버렸어요!"

그렇다. 참을 수가 없었다. 일단 검을 휘두르고 싶었다.

최악의 경우, 혼자서 계속 휘두르는 방법도 있지만 이왕이면 상대가 있는 게 즐거웠다.

"……알았어. 상대해줄게."

"고마워요!"

그렇게 두 사람이 합의한 순간.

"잠깐 기다려!"

생각지 못한 곳에서 간섭의 창이 날아들었다. 정말로 창을 든 남자였다.

나이는 40대 중반 정도. 로라의 부모보다 나이가 많아 보였다.

교복을 입지 않은 것으로 볼 때 교사로 짐작됐다.

"선생님, 뭐예요. 모의 전투 하면 안 돼요?"

안나가 원망하듯 중얼거렸다.

"모의 전투 자체는 괜찮지만…… 상대가 안 돼. 이 녀석은 모든 마법 적성이 9999인 로라 에드몬즈잖아. 여기 있는 것 자체가 문제다. 만약 여기서 체력을 다 써서 내일 수업에 지장이 생기면 내가 마법학과 교사에게 항의를 받게 돼."

"하지만 수업에서는 전사학과와 마법학과의 공동 훈련은 오히려 권장된다고 배웠어요."

"상대가 평범한 녀석이라면 그렇지. 게다가 1학년 때 공동 훈련을 하는 학생은 거의 없어. 우선은 전문 분야의 기초를 다지도록 해. 공동 훈련은 2학년 때 해도 늦지 않아. 그러니 로라 넌 돌아가도록!"

교사는 파리라도 쫓듯이 손을 휘휘 저었다.

모처럼 바라던 안나와 대화를 나누고 모의 전투까지 할 수 있는 기회였다.

그걸 방해받은 로라는 머리에 피가 쏠리는 듯했다.

"회, 횡포예요! 전사학과에 들어가고 싶었는데 멋대로 마법학과로 보내졌어요…… 그래도 참고 수업을 듣고, 적어도 방과 후 정도는 되겠지 하고 온 건데 그것마저 안 된다는 말씀이세요?! 전 검이 좋아요! 아버지의 딸이니 재능도 있을 거예요. 부탁드려요. 방과 후만이라도 좋으니 여기 있게 해주세요!"

로라는 교사에게 매달려 간청했다.

이토록 간절히 누군가에게 뭔가를 청한 적은 처음일지도 모를 정도로.

"그야…… 네 검 적성은 107이니까 틀림없이 천재야. 하지만 천재일 뿐이야. 그에 비해 전체 마법 적성이 9999라는 건 전대미문의 일이야. 대현자님도 3000~6000이니까. 애당초 그 장치로 측정할 수 있는 최대치가 9999일 뿐, 네 적성치는 더 높을지도 몰라. 솔직히 나도 널 가르치고 싶다. 어디까지 성장할지 궁금해. 하지만…… 네가 마법을 배우지 않는 건 인류의 손실이야. 그러니까…… 서로 포기하자!"

"그런…… 그래도 전 검을 배우고 싶어요!"

로라는 그렇게 외치고는 목 놓아 엉엉 울었다.

체면이고 뭐고 없이 훌쩍였다.

마법이 싫은 게 아니었다. 샬롯 덕분에 좋아할 수 있을 것 같았다.

하지만 그것과 이것은 별개의 문제다.

검을 버리는 건 불가능했다.

로라의 목표는 아버지처럼, 아니, 아버지를 뛰어넘는 검사가 되는 거였다.

그걸 포기하라니. 잔인한 데도 정도가 있다.

"저기…… 지나가다가 로라의 울음소리를 들었는데, 무슨 일 있어?"

그때 로라의 담임인 에밀리아가 나타났다.

"오, 에밀리아. 마침 잘 왔어. 보는 대로야. 로라가 우리 학생에게 검으로 모의 전투를 신청했어. 말렸더니 울음을 터뜨린 거고. 이 애의 마음도 이해하지만…… 뒷일을 부탁해!"

"아, 그랬군. 자, 로라. 돌아가자. 연습이 하고 싶은 거면 내가 얼마든지 상대해줄 테니까."

"싫어요! 전 검이 좋아요! 마법은 수업 시간에도 연습하잖아요!"

"어머. 마법은 심오한 거야. 아무리 연습해도 끝이라는 건 없어."

"하지만 나보다 약한 사람에게 배울 건 없어요! 선생님은 나보다 약하잖아요!"

로라가 본심을 털어놓았다. 평소라면 생각이 들더라도 말하지 않을 이야기지만 지금은 이미 에밀리아가 자기를 방해하는 적으로만 보였다.

그 순간 툭하고 뭔가가 끊어지는 소리가 났다.

에밀리아의 관자놀이가 움찔움찔 떨리고 푸른 핏줄이 튀어나왔다.

"약해……? 내가…… 드래곤을 혼자서 무찌르고 대현자님께 『용을 죽인 자』이라는 별칭을 하사받은 내가…… 이제 갓 입학한 애송이보다 약해? 하! 적성치 9999라고 지나치게 우쭐하는구나, 로라!"

"드래곤을 쓰러뜨린 게 뭐요? 우리 부모님은 1대 3도 여유롭다고 했어요!"

"큭…… 네 부모님은 상관없잖아! 지금은 너랑 얘기하고 있어!"

에밀리아는 진심으로 화가 난 듯했다.

하지만 로라도 물러설 수는 없었다. 검을 부정당하는 것은 인생을 부정당하는 것과 마찬가지였다.

적성치 따위는 개나 줘버려! 방과 후에 좋아하는 걸 하는 게 뭐가 나빠.

"어, 어이, 에밀리아…… 어린애를 상대로 어른답지 못하게 왜 그래."

창을 든 남자 교사가 에밀리아를 좋은 말로 타이르려고 했으나—

"선배는 가만 계세요!"

단번에 무시당했다. 화가 난 에밀리아는 무척 무서웠다.

"……로라. 그렇게까지 말한다면, 내일 오전 수업에 학급 전원이 보는 앞에서 나와 싸우자. 슬슬 마법 전투가 어떤 건지 보여줄 때라고 생각했었어. 널 교재로 삼아줄게!"

"바라던 바예요! 제가 이기면 방과 후에 검 연습을 하는 걸 인정해주시는 거죠?!"

"물론이야. 대신 선생님이 이기면 로라는 졸업할 때까지 마법에만 열중하는 거야. 이의는 없겠지!"

"좋아요. 그야 제가 이길 테니까요."

"그 자신감, 꺾어주겠어! 그게 교사의 역할이니까!"

에밀리아가 얼굴이 시뻘게진 채 뒤돌아 어깨를 들썩이며 훈련장을 빠져나갔다.

로라도 콧김을 뿜으며 에밀리아의 뒷모습을 노려보며 눈을 희번덕거렸다.

"……에밀리아, 어른답지 못한 것도 정도가 있지…… 못 말리겠군."

남자 교사는 질린다는 말투로 말했으나 주위에서 듣고 있던 학생들은 눈을 반짝였다.

교사 대 학생! 그것도 미인 교사와 적성치 9999인 신입생의 대결이다. 주목을 끄는 게 당연했다.

"선생님! 내일 오전 수업은 마법학과 수업을 견학하는 게 어떨까요?! 가끔은 다른 분야를 보는 것도 공부가 된다고 생각합니다!"

"찬성! 참고로 난 로라가 이기는 데 걸래!"

"그럼 난 에밀리아 선생님한테. 난 그 선생님 팬이야."

"응, 안경이 잘 어울리지."

"뭔 소리야."

그런 바보 같은 대화가 오가고 창술사인 남교사까지 음, 하고 고민하기 시작했다. 그도 궁금한 모양이었다.

그때 안나가 로라의 교복을 휙 잡아당겼다.

"……넌 꼭 이겨야 돼. 너랑 같이 검 연습을 하고 싶어. 그러니까……."

안나가 커다란 눈망울로 바라봐왔다.

마치 다람쥐 같은 인상을 풍겼다.

하지만 그 안에는 맹렬한 투지가 불타고 있음을 잘 알았다.

안나도 라이벌을 찾고 있었던 것이다.

그렇다면 응답해야 했다. 로라도 안나와 싸우고 싶었다. 서로 기술을 발전하고 싶었다.

"걱정 마세요. 난 마법이 특기이니까. 반드시 이길게요. 그리고 그 다음엔 안나도 이길 거예요."

"……그거 기대되네."

로라가 당돌하게 웃자 안나도 슬쩍 미소를 지었다.

가장 강한 건 나. 서로가 그렇게 생각했다.

그렇지 않으면 높은 곳을 노리는 일 따윈 도저히 할 수 없을 것이다.

※

"근데 로라. 바보 아니에요?"

"엥, 갑자기 무슨 소리예요?!"

밤에 기숙사 방에서 뒹굴거리던 로라가 대뜸 샬롯에게 바보 소리를 들었다.

아무런 예고도 없고 짚이는 구석도 없었기에 화를 내기보다 멍해지고 말았다.

그런 로라의 얼굴이 마음에 들지 않았는지 샬롯이 더욱 눈썹을 치켜 올리고 로라의 뺨을 꽉 꼬집었다.

"아얏. 아파요, 샬롯!"

"응당한 대가예요!"

샬롯은 정말 화가 난 모습이었다.

그러나 로라는 이유를 몰랐기에 사과할 수도 없었다.

"그 표정은 영문을 모르겠다는 표정이군요. 오늘 전사학과 훈련장에 갔다가 에밀리아 선생님께 싸움을 걸었다면서요!"

"……아, 그거였군요."

"아가 아니에요! 나도 아직 전사학과에 뛰어들어 행패를 부린 적이 없는데. 나도 선생님께 아직 도전장을 내밀지 않았는데!"

"딱히 행패를 부린 게 아니고 도전장도 내밀지 않았어요."

전사학과 훈련장에는 놀러 가는 기분으로 들렀을 뿐이고 에밀리아 선생님과의 일은 어쩌다 보니 그렇게 됐을 뿐이다.

샬롯처럼 학교에서 일등을 거머쥐겠다는 야심으로 벌인 일은 결코 아니다.

"정말…… 이런 얌전한 얼굴을 하고서 하는 짓은 요란하군요!"

샬롯이 로라의 양 볼을 쭉 잡아당겼다.

"아파요. 그만해요!"

"싫어요. 이건 벌이에요!"

"흐아아……."

"이렇게나 부드러운 뺨이라니……그만둘 수가 없잖아요!"

"샬롯, 목적이 달라졌어요."

몇 분 후. 비로소 로라의 뺨은 자유를 되찾았다.

만져보니 살짝 늘어난 것 같았다. 명백한 괴롭힘이었다.

"샬롯은 너무해요!"

"로라가 귀여운 얼굴로 유혹한 게 잘못이에요!"

"그런 적 없어요!"

로라의 얼굴은 원래 이랬다.

귀여운 얼굴이 뺨을 잡아당길 정당한 이유가 된다면 로라는 온종일 누군가에게 뺨을 잡아당겨져 분명 뺨이 땅까지 늘어날 것이다.

"그런데…… 괜찮은 거예요? 에밀리아 선생님은 젊지만 A랭크 모험가. 초일류예요. 재능만으로는 넘볼 수 없는 경험이라는 벽이 있어요. 로라, 지면 졸업할 때까지 검을 쓰면 안 된다는 조건을 받아들였죠? 괜찮겠어요? 지금이라도 용서를 구하면 받아주지 않을까요?"

그 말을 들은 로라는 깜짝 놀라고 말았다.

명색이 샬롯 가자드라는 사람이 이 무슨 얼빠진 생각을 하는 걸까.

"샬롯이 내 입장이라면 지는 게 무서워서 먼저 미안하다고 할까요?"

이번에는 샬롯의 말문이 막혔다.

그렇다. 이것은 로라와 샬롯 같은 사람에게 당연한 이야기였다.

높은 곳을 노린다. 강해지고 싶다. 그것을 실현할 수단은 여러 가지지만 두 사람 다 서툴렀다. 닮은꼴이었다.

길을 돌아가는 데 서툴고 돌진밖에 몰랐다. 멈춰 서서 생각할 바에는 몸으로 부딪치는 일을 반복했다.

비효율적인 것 같아도 이것이 가장 빠른 지름길이었다.

이런 삶의 방식을 관두는 순간, 어떻게 하면 좋을지 알 수 없어질 테니까……

"……확실히 망언이었어요. 그럼 화제를 바꿔요. 어떻게 이길 생각이죠? 우리는 에밀리아 선생님의 실력을 모르는 거나 다름없어요. 전술을 짤 방도도 없어요. 할 수 있는 건 오직 하나. 지금 자신이 할 수 있는 모든 기술을 퍼붓는 거예요. 다시 말해 힘의 정면 승부죠. 로라가 아무리 모든 적성치가 9999라고 해도 A랭크를 상대로는 불리하다고 말할 수밖에 없어요. 그런데도 로라의 얼굴은…… 질 수도 있다는 생각을 전혀 하지 않은 것 같네요……"

"설마요. 아무리 그래도 그렇게까지 기고만장하진 않아요. 상대는 선생님이에요. 질지도 모른다는 생각은 하고 있어요."

정확히 말하면 훈련장에서 말싸움을 했을 때는 자신만만했다.

그러나 그 후 냉정을 되찾고 보니 무모했다는 것을 인정하지 않을 수 없었다.

하지만 다시 똑같은 상황을 맞이한다 해도 역시 같은 선택을 했을 것이다.

어쨌든 에밀리아를 이기면 방과 후에 검 연습을 할 수 있기 때문이다.

"싸워서 이긴다. 단지 그것만으로 난 원하는 걸 손에 넣을 수 있어요. 알기 쉽고 간단하죠. 게다가 진다고 죽는 게 아니에요. 졸업까지 마법에 전념하기만 하면 돼요. 도망칠 이유가 어디 있겠어요? 3년은 긴 시간이지만 난 더 이상 참을 수가 없어요. 내일 에밀리아 선생님을 이기고 방과 후의 자유를 거머쥘 거예요. 그 것 말고는 생각하지 않아요."

"역시 로라. 정말 나와 생각이 비슷하네요. 하지만……."

샬롯이 중간에 말을 끊고 한숨을 쉬며 씁쓸히 웃었다.

"이렇게 남의 입으로 들으니 얼마나 바보 같은 생각인지 뼈저리 게 알게 됐어요."

"바, 바보가 아니에요!"

로라는 진지했다. 어째서 하루에 몇 번씩 바보 소리를 듣게 되 는 걸까. 도무지 이해할 수 없었다.


"그, 그런데 로라…… 부끄러움을 무릅쓰고 부탁이 있어요……."

"뭔데요? 내가 할 수 있는 일이라면 뭐든 할게요."

불을 꺼서 어두워진 방 안.

두 사람 다 침대로 들어가 잠을 청하려던 순간이었다.

샬롯이 웅얼거리는 투로 『부탁』이라며 말을 꺼냈다.

로라가 아는 한 샬롯은 늘 시원시원했다. 그런 샬롯이 머뭇거리 니 보통 일이 아닌 것 같았다.

로라는 무거운 눈꺼풀을 억지로 올리며 샬롯의 부탁을 들었다.

"저기 실은 난 옛날부터 잘 때면 늘 봉제인형을 안고 잤는데…… 그게 없으니 잠을 잘 수가 없어요…… 그리고 로라는 마침 그 봉제인형과 크기가 비슷해요. 그러니까……."

"아! 그래서 매일 눈을 뜨면 샬롯이 날 안고 있었던 거네요! 무슨 일인가 했어요."

"네…… 그러니까 오늘도……."

"좋아요. 오히려 기뻐요. 얏호, 샬롯한테 안길 수 있다!"

로라는 어머니 품에 파고들어 자곤 했던 옛날을 떠올리면서 데굴데굴 굴러 샬롯 옆에 딱 붙었다.

"자 그럼! 날 좋을 대로 하세요!"

"그, 그럼 사양하지 않고 안을게요……!"

샬롯이 로라에게 팔을 둘러 품에 꼭 끌어안았다.

부드럽고 포근했다. 그리고 로라도 무척 기분이 좋아졌다. 하지만 샬롯의 황홀함에는 비할 수 없었다.

"하후우우…… 정말 굉장해……로라, 포옹 베개 적성 9999예요."

"헤헤, 고마워요."

"로라, 졸업할 때까지 자라면 안 돼요. 이 크기가 최고니까요."

"네에……? 싫어요! 난 제대로 크고 싶어요!"

"안 돼요!"

"싫어요!"

"안 돼!"

"싫어!"

그런 말다툼을 한 지 몇 분 후.

"······흠냐."

"······하음."

두 사람은 서로 끌어안은 채 사이좋게 잠이 들었다.

# 제3장   선생님에게도 고집이 있다

에밀리아 아클랜드는 스스로 능력이 뛰어나다고 믿었다.

애당초 자신감이 없는 사람은 교사가 되어서는 안 된다고 생각했다.

그것은 학생에게 실례였다.

그런 에밀리아가 모험가를 꿈꾼 것은 열네 살 때다.

오크와 고블린 떼의 습격을 받은 고향 마을을 우연히 지나가던 대현자가 구해주었다.

살아 있는 전설 칼로테 길드레아.

바람에 휘날리는 은백색 머리칼이 아름다웠다. 뒷모습이 용맹했다. 오크와 고블린을 베어 쓰러뜨리던 일격이 눈부셨다.

「이제 괜찮아.」하며 손을 내밀던 때의 미소가 여신 같았다.

이듬해, 에밀리아는 왕립 길드레아 모험가 학교에 입학했다.

3년 후 수석으로 졸업하고 C랭크 모험가가 되었다.

그 후로는 파죽지세로 승진해 단 2년 만에 B랭크까지 올랐다.

더욱이 그로부터 한 달 후.

왕도 부근에 날아든 드래곤의 낌새를 가장 먼저 알아채고 단독으로 해치웠다.

그 공으로 A랭크가 되었다. 그때 나이 20세.

현존하는 A랭크 모험가로서는 최연소였다.

그리고 동경하던 대현자로부터 『용을 죽인 자』라는 별칭을 부여받고 학교 교사를 권유받았다.

현재 나이 23세. 지금도 자신의 우수함을 의심하지 않았다.

교사로서도 지금까지 잘해왔다.

하지만 올해 신입생은 이상했다.

에밀리아의 마법 적성은 80~90. 동기 중에서는 제일가는 재능이었다.

그러나 올해는 특기 분야에서 80점 이상이 나오는 것은 드물지 않았다. 90 이상도 있었다.

샬롯 가자드는 공격 마법 적성이 120으로 천재 중의 천재였다.

그리고 결정적인 것은 로라 에드몬즈.

전체 마법 적성치가 9999였다.

헛웃음만 나오는 황당한 수치였다.

모든 교사가 로라의 재능에 동요했다.

무슨 일이 있어도 마법학과에 보내야 한다며 야단을 떨었다.

대현자보다 높은 재능에 다들 패닉상태에 빠졌기 때문이다.

에밀리아는 전체 마법 적성치가 9999인 소녀의 담임이 되는 것

90 검사를 목표로 입학했는데 마법 적성 9999라고요?!

을 기뻐했다.

그 아이의 성장을 기대했다.

보통의 천재보다 백배는 더 빨리 성장하겠지. 졸업할 무렵에는 나보다 강해져 있을지도 몰라 라는 태평한 생각뿐이었다. 정말 순진했었다.

입학 첫날 그 터무니없는 위력의 마법을 쏜 바람에 하마터면 신입생 모두를 죽일 뻔했다.

에밀리아는 학생들을 지켜내지 못했다.

에밀리아가 구축한 방어 결계는 붕괴 직전이었다.

그러나 술식에 끼어든 로라가 마력을 흘려넣어 힘을 보탰다.

그 덕에 모두 무사했고 사태는 아무 일이 없이 마무리되었다.

"입학 첫날에 아홉 살 소녀가 내 술식에 개입한 것도 모자라 힘을 보태줬어…… 정말 무슨 일인지. 나도 자존심이 있는데."

나쁜 마음을 품고 행동한 게 아니었다.

오히려 대참사를 막아줘서 고맙다고 해야 했다.

그러나 그렇게 솔직해지지 못하는 것이 자신의 미숙한 점이었다.

질투가 나면서 지금까지 해온 노력을 통째로 부정당한 기분이 들었다.

자신이 몇 년에 걸쳐 걸어온 길이 그 아이에게는 첫걸음이라는 사실을 알게 됐다.

"그 작은 자존심을 지키려고 학생에게 싸움을 걸었어…… 정말 나 뭐하는 걸까……."

원래는 방과 후 정도는 검 연습을 하게 해줘도 괜찮았다.

오히려 신입생들이 학교에 조금 더 익숙해지면 에밀리아가 먼저 말을 꺼낼 생각까지 했었다.

그런데도 에밀리아는 『나보다 약한 사람한테 배울 건 없어요.』라는 말에 아이를 상대로 진심으로 이성을 잃었다.

교사 실격. 어른 실격이었다.

에밀리아는 스스로 그렇게 느꼈지만 내일 로라와 결투를 벌일 예정에는 변함이 없었다.

어쨌든 모험가다. 모험가 중에 「어엿한 어른」이 있을 리 없다.

자기보다 강한 녀석을 보면 도전하는 수밖에 없다.

그렇지 않고서는 모험가라고 할 수 없다.

실제로 이 학교 교사 대부분은 대현자에게 도전해 진 경험이 있었다.

"어른답지 않아."

그렇게 말한 동료가 있었다. 그러나 얼굴에는 『부러워.』라고 쓰여 있었다.

"네가 지면 다음은 나야."

그렇게 솔직히 말한 교사도 있었다.

참으로 구제불능인 집단이다.

평소에는 어른인 척하면서 학생들 앞에서 잘난 듯이 굴지만 정신 연령은 십대 시절과 다르지 않았다.

싸우고 싶어서 좀이 쑤셨다.

로라 에드몬즈라는 재능 덩어리를 앞에 두고 저 아이는 나와 다른 생물이니까, 라며 무시할 수 있는 것은 제대로 된 증거. 어른의 생각이다.

에밀리아 아클랜드는 23살이다. 반년 뒤에는 24살이 된다.

하지만 내일은 몸과 마음을 다 바쳐서 그 터무니없는 천재 소녀를 물리칠 것이다.

승패에 상관없이 로라에게 방과 후의 자유를 인정할 생각이므로 이것은 이미 개인적인 싸움이다.

물론 겨루게 된 이상 이길 작정이다.

※

길드레아 모험가 학교에는 투기장이 있었다.

지어진 이유는 해마다 한 번 치러지는 학생 토너먼트 때문이지만 평소 수업에 사용하기도 한다.

오늘은 『마법학과 1학년 수업에 사용한다』는 명목으로 에밀리아

아클랜드의 이름으로 잡혀 있었다.

수업 내용은 학생들에게 마법 결투 시범을 보이는 것. 원래 그런 수업은 교사끼리 시범을 보이지만 이번에는 신입생인 로라 에드몬즈가 상대로 뽑혔다.

왜냐고 묻는 사람은 없었다.

에밀리아가 다른 교사에게 협력을 부탁하자 모두 흔쾌히 응해주었다.

반죽음 상태의 중상을 입어도 괜찮도록 회복 마법 전문가를 대기하게 했다.

투기장 객석에 피해가 가지 않게끔 방어 마법이 특기인 교사를 열 명이나 배치시켰다.

이 포진만으로 오늘 이곳에서 치러질 싸움이 어느 정도의 화력전이 될지 상상할 수 있다.

"저 녀석, 학생을 상대로 진짜 싸울 작정이군."

"오히려 해치울 생각인 거 아냐?"

질리거나 감탄한 것 같은 동료들의 목소리가 들렸다.

꼭 틀린 이야기만은 아니었다.

물론 진짜 죽일 생각은 없지만 그 정도 각오로 임하지 않으면 순식간에 질 것이다.

"선생님. 오늘만은 라이벌이에요!"

투기장 위에 선 로라는 검을 들고 있지 않았다.

에밀리아가 검을 지참해도 좋다고 말했지만 오늘은 마법 결투이므로 검은 규칙을 위반한다며 로라가 거부했다.

그보다 이 얼마나 천진난만한 표정인가.

에밀리아는 안심했다. 위축된 모습이면 어쩌나 했는데 로라는 싸움을 즐길 태세였다.

틀림없이 「이쪽」 인간이다.

그렇다면 봐줄 필요 없다.

"오늘뿐만이 아니야. 모험가는 모두 라이벌이니까."

"맞아요. 아버지, 어머니도 그렇게 말씀하셨어요! 지지 않을 거예요!"

"당돌하구나. 재능만으로 이길 수 있을 만큼 마법의 세계가 호락호락하지 않다는 걸 가르쳐줄게."

객석에는 에밀리아 담당 학생들뿐만 아니라 다른 학년과 전사학과에서도 견학을 와 있었다.

여기서 진다면 에밀리아는 더는 교사로서 학생들을 가르칠 수 없었다.

학생보다 약한 교사는 있을 수 없다.

"그럼 시작하자. 언제든지 덤벼."

그것이 시합 시작을 알리는 신호였다.

로라가 선제공격을 했다.

그런 핸디캡을 허용할 여유는 없지만 교사로서의 최소한의 긍지였다.

이 선을 넘으면 이겨도 이긴 기분이 들지 않을 것이다.

"사양하지 않겠습니다!"

찰나의 순간, 로라가 달렸다.

속이는 행동 없이 곧장 이쪽을 향해 돌진해왔다.

마치 고양잇과 몬스터 『혼라이거』와 같은 가속이다.

위력 강화 마법을 의심했지만 마력의 흐름은 느껴지지 않았다.

분명 자기가 부담하는 힘이다. 그리고 보니 로라는 에드몬즈 부부의 딸이었다.

마법 재능 탓에 그 배경이 옅어졌지만 전사로서도 충분히 천재다.

신체 능력만으로도 경계할 가치가 있었다.

로라가 달리면서 주먹에 마력을 불어넣기 시작했다.

직접 공격할 생각인건가. 그것은 마법사의 발상이 아니다. 마력을 쓰는 방법이 글렀다.

그러나 그럼에도 식은땀이 날 정도의 위력이 주먹에 실려 있었다.

맞으면 틀림없이 죽는다.

'맞는다면의 이야기지만.'

에밀리아가 여유롭게 반격 태세로 전환했다.

로라의 진격을 막는 것이 먼저였다.

무영창으로 흙의 정령에게 간섭해 투기장 바닥을 솟아오르게 했다.

"꺄앗!"

로라의 경력으로 볼 때 마법사와의 싸움은 처음이라 할 수 있다.

입학 첫날의 사건 때처럼 가만히 서 있는 상태라면 상대의 술식을 꿰뚫거나 간섭할 수도 있을 것이다. 하지만 역시 싸우면서는 힘든 것 같았다.

로라는 별안간 발밑이 솟아오르는 현상에 대처하지 못하고 그대로 휙 튕겨 날아갔다.

에밀리아는 틈을 두지 않고 추격했다.

"만물의 근원인 대지여. 지나가는 바람이여. 내 마력을 바친다. 따라서 날카로운 이빨이 되어 내 적을 꿰뚫어라."

솟아오른 땅이 그대로 뻗어나가 날카로운 형태를 띤 거대한 창처럼 변했다.

그리고 바람 정령의 힘에 의해 로라를 향해 수직으로 날아갔다. 그런 다음 이번에는 하늘에서 연속해서 한 발이 더 날아갔다.

"하늘을 가르는 벼락이여. 내 마력을 바친다. 따라서 하늘에서 파괴를 내려라. 가로막는 장애물을 모조리 불태워라."

구름 한 점 없는 쾌청한 하늘이었다. 날씨가 사나워질 낌새는 전혀 보이지 않았다. 그런데도 별안간 굉음과 함께 낙뢰가 쏟아졌다.

그 현상에 제대로 된 이치는 존재하지 않았다.

에밀리아가 자신의 마력을 정령에게 바쳐 세상의 이치를 비틀게 했다. 그게 마법이다.

불이 없는 곳에 연기를 피우고 싶다. 사막에 비를 내리게 하고 싶다. 평지에 산을 만들고 싶다. 하늘을 날고 싶다. 오래 살고 싶다. 모든 것을 알고 싶다.

마법사만큼 제멋대로인 인종은 없었다.

그래서 이렇게 아홉 살 소녀를 진심으로 공격할 수 있는 것이다.

이 땅의 창과 청천의 낙뢰 조합은 일찍이 하늘을 나는 드래곤을 쓰러뜨렸었다.

3년이 흘러 에밀리아의 마력은 그때보다 강해졌다.

다시 말해 로라는 드래곤조차 죽는 공격을 받았다.

원래라면 흔적조차 남지 않는다. 그렇게 되면 에밀리아는 아이를 죽인 죄인이 되고 만다.

하지만 그렇게 될 리 없다고 「믿었다」.

'봐, 역시.'

로라는 에밀리아의 믿음에 보답했다.

땅 위에서 쇄도하는 창과 하늘에서 떨어지는 벼락 사이에 동시에 끼여서 초인적인 마력으로 방어 결계를 형성했다. 완벽하게 공격을 막아냈다.

"하지만 이건……!"

지나치게 완벽했다. 믿음을 웃돌았다.

설마 다치지 않고 받아넘기다니. 이래서 천재는 곤란했다.

'그래. 난 평범한 인간이야. 널 만나기 전까진 자만했었어. 그걸 깨닫게 해줘서 고마워. 하지만 오늘 이기는 건 나야.'

에밀리아가 쥔 패는 아직 건재했다.

입학한 열다섯 살 때부터 지금까지 길러온 모든 걸 발휘해주지. 그렇게 생각한 순간 로라가 움직였다.

"선생님. 지금 그 마법, 좀 흉내 낼게요!"

두 번째 낙뢰가 떨어졌다.

다만 노리는 것은 로라가 아니라 에밀리아였다.

"쯧!"

믿을 수 없었다. 보기만 하고 외워버렸다. 그것도 무영창으로 위력 또한 에밀리아보다 한참 위였다.

'내 기술에 내가 당할 줄 알고!'

전력으로 방어 결계를 둘러 낙뢰를 막았다.

마력이 왕창 깎여나갔지만 여기서 힘을 아낄 생각을 하는 순간 승부가 갈린다.

"벼락의 정령이여. 내 마력을 빨아들여 나타나라!"

자신에게 떨어진 벼락을 향해 주문을 외쳤다.

에밀리아의 마력이 퍼져나가 벼락을 관장하는 정령에게 흘러들어갔다.

그 결과, 에밀리아를 공격하기 위해 떨어진 벼락이 인간의 형상이 되어 땅에 내려섰다.

게다가 그 수는 스물이었다.

"로라, 형세 역전이야. 넌 거기서 땅을 향해 떨어질 뿐이야. 하지만 정령은 하늘을 날 수 있어. 일방적으로 공격하고 싶은 만큼 공격할 수 있지. 안심해. 다치더라도 치료해줄 테니까……."

생각보다 쉽게 정리됐다. 잠시 당황하기도 했지만 어차피 마법 초심자였다.

마력과 재능이 풍부해도 쓰는 법을 모르면 이렇게 되는 법이다. 에밀리아가 그렇게 안심했을 때.

"벼락의 정령이여. 내 마력을 주마. 그리고 알려라. 파괴가 무엇인지를 깨닫게 해라."

로라가 주문을 외었다.

괴물이 투기장 상공에 나타났다.

'아냐. 벼락의 정령, 놀랄 거 없어. 사신이나 영수 같은 게 아냐. 하지만 이건…….'

에밀리아가 조종하는 벼락의 정령 스무 마리. 그것을 세로로

늘어놓은 것보다 더 컸다.

정령을 길들이기 위해 사용한 마력의 자릿수가 다른 것이다.

분명 로라는 이쪽의 기술을 모방한 것뿐이리라.

하지만 그렇기에 재능의 차이가 직접적으로 드러났다.

이 작은 정령이 에밀리아의 그릇.

왕처럼 하늘 위에 자리 잡은 정령이 로라의 그릇.

"……가랏!"

에밀리아가 자신의 정령에게 명령해 하늘을 날게 했다. 그리고 드래곤이건 그리폰이건 숯검댕으로 만들어버릴 고압 전류를 뭉친 공격을 했지만…… 흡수되고 말았다.

하늘의 정령은 점점 몸집을 불려갔다.

"베라."

로라가 자유낙하하면서 불쑥 중얼거렸다.

그러자 거대한 정령이 모습을 바꾸었다.

오른손에서 뻗어 나온 번개가 검으로 바뀌었다.

사람을 베기 위한 크기가 아니다. 드래곤…… 아니, 성조차 한 번에 두 동강 낼 것이다.

'죽겠어……!'

그것이 자신을 내리친다는 공포를 견디지 못한 에밀리아가 눈을 질끈 감고 주저앉았다.

투지가 꺾였다.

다시 말해 이미 졌다. 마법사로서 끝이었다.

다음은 목숨이 끝날 차례였다.

※

그날의 패배로부터 일주일이 지났다.

에밀리아는 이렇게 온전히 살아 있었다.

마지막 순간 이후로 실신했기 때문에 무슨 일이 일어났는지 몰랐다.

다른 교사의 말에 따르면 번개 검이 에밀리아와 격돌한 순간, 로라의 손에서 방어 결계가 만들어져 에밀리아를 보호했다고 한다.

학생에게 진 것도 모자라 목숨을 빚졌다.

말하자면 한 시합에서 두 번 진 것이다.

'뭐야 그게. 예상했던 최악보다 더 최악이야. 무슨 낯으로 학생들 앞에 나서냔 말이야…… 아니, 이제 모험가나 마법사 행세도 할 수 없어. 뭐가 몸과 마음을 다 바쳐서 천재를 물리치겠다고 하고 압도당하고 보호받았어. 가볍게 휘둘리기까지…… 차라리 누가 날 죽여줘!'

자살할 용기가 나지 않는 것이 비참함을 부추겼다.

에밀리아는 이러지도 저러지도 못하고 다음 날부터 학교를 쉬고 자신의 아파트 방에 틀어박혀 이불을 뒤집어쓰고 있었다.

나잇살 먹고 은둔형 외톨이가 되었다.

아홉 살 소녀에게 지고 눈물 흘리는 스물세 살. 살아 있을 가치가 없을 만큼 비참했다.

눈물이 멈추지 않았다. 분했다. 분해서 몸을 갈기갈기 찢고 싶었다.

싸운 뒤에야 뼈저리게 깨달았다.

로라 에드몬즈는 도전하거나 싸울 대상이 아니다.

생물로서의 격이 다르다. 내버려둬도 멋대로 강해진다.

실제로 시합 도중에도 계속 성장하지 않았나. 그걸 알았는데도 에밀리아는 개운해지지 않았다.

'분해……분해 분해 분해 분해 분해 분해 분해!'

피가 맺힐 정도로 입술을 꽉 깨물었다. 아이처럼 엉엉 울었다.

그런 나날을 보낸 지 일주일째.

초인종이 울리고 여자아이의 목소리가 들려왔다.

"저기, 선생님…… 괜찮으세요? 다들 기다리고 있어요. 그러니까……"

에밀리아를 생지옥에 밀어 넣은 로라의 목소리였다.

진심으로 걱정하며 악의는 조금도 없었다.

그런데도 에밀리아는 전혀 기쁘지 않았다. 오히려 소리 지르지 않으려고 베개를 꽉 깨물고 견디는 게 고작이었다.

'돌아가. 제발 돌아가!'

그 마음이 통했는지 로라는 그 이상 아무 말도 하지 않았고 발소리가 멀어져갔다.

다행이었다. 지금은 누구도 만나고 싶지 않았다.

하지만 언제쯤이면 방에서 나갈 수 있을까.

내일? 모레? 다음 주? 이제 일어나지 못할지도 모른다.

노력해왔다. 애써왔다. 강해졌다고 생각했었다.

그 모든 게 착각이었던 데다가 로라는 점점 강해져간다. 따라잡기는커녕 격차는 점점 벌어져간다.

'바보 같아. 이제 됐어. 난 이제 아무것도 안 해.'

에밀리아의 자기혐오는 부풀대로 부풀어 있었다.

그 순간을 노렸다는 듯이 두 번째 손님이 나타났다.

"문 열어, 에밀리아. 언제까지 땡땡이칠 생각이야?"

이 목소리는. 아, 잘못 들을 수도 없다.

그야 생명의 은인이므로—.

"대……현자님……!"

"또 그렇게 부른다. 지금은 함께 일하는 사이니까 학장이라고 불러, 학장."

현관문이 열리는 찰칵, 하는 소리가 났다.

물리적인 열쇠와 마법으로 이중 잠금장치를 해두었는데 둘 다 간단히 뚫렸다.

문이 열리고, 은백색 머리칼의 여성이 들어왔다.

외모는 20대 초반으로 에밀리아보다 젊어 보였다.

하지만 실제로는 300년 가까운 시간을 살아온 전설적인 존재였다.

아름다운 대현자라는 별칭을 가졌으며 130년 전에 마신 중 하나를 무찌르고 이 나라를 구한 영웅이다.

왕립 길드레아 모험가 학교의 창립자이자 지금도 학장을 맡고 있는 최강 마법사.

칼로테 길드레아.

그런 신적인 존재가 이 아파트에 나타난 것이다.

"학장님…… 죄송해요. 지금은 누구와도 만나고 싶지 않아요."

"그런 어린애 같은 말이나 하고. 얼른, 이리 나와."

에밀리아가 이불 안에 숨었지만, 대현자가 이불을 잡아당겨 들쳤다.

싫어하는 에밀리아를 억지로 일으켜 안았다.

"보고 있었어. 로라 양과의 싸움. 강해졌더라. 처음 만났을 땐 고블린을 보고 울기만 하던 여자애였는데. 아니, 3년 전 드래곤을 쓰러뜨렸을 때보다도 강해졌어. 장해, 장해."

대현자는 에밀리아를 완전히 아이 대하듯 했다.

아니, 아이 이하 취급이다. 아이에게 졌으므로 반발할 수는 없었다.

"뭐가 장해요…… 그런 추한 방식으로 진 것도 모자라서 상대의 도움으로 살아남아 수모를 당하고 있는데…… 알아요. 학장님도 속으로는 절 비웃고 있죠?"

"그래. 제자의 성장을 기뻐하며 웃고 있어. 진짜 천재를 앞에 두고 용케 도망치지 않고 도전했어. 그 싸움을 보고 널 깔볼 사람은 아무도 없어. 왜냐면 다음에 로라에게 도전하는 건 자기라며 위세 좋게 말하던 사람들은 결국 아무도 도전하지 않았으니까. 제대로 싸운 건 너뿐이야."

"하지만 졌어요……."

"그래. 오히려 잘됐잖아? 다음엔 네가 도전자야. ……기습이든 지구전이든 심리전이든 모두 용납돼. 깨끗하게 싸우지 않아도 돼. 단련하고 또 단련해서 언젠가 다시 싸우면 되잖아? 아니면 포기할래? 뭐, 네 자유지만. 하지만 교사로 일하고 있는 이상 계속 땡땡이치는 건 곤란해."

"……교사? 학생보다 약한 교사가 필요한가요? 전 그 애한테 뭘 가르치면 좋죠?"

"비굴하네. 졌다고 자신을 무능하다고 믿고 있어. 딱히 처음 진 것도 아니면서. 에밀리아, 로라 양은 시합을 시작했을 땐 너보다 약했어! 알고 있었어?"

"네?"

그 괴물이 나보다 약했다?

"로라 양은 네 기술을 보고 차례차례 훔쳐서 믿기 힘든 속도로 성장했어. 게다가 내 **계획대로** 마법을 즐기듯이 썼어. 그건 에밀리아의 전투법이 재미있기 때문이야. 화려한 낙뢰를 퍼붓고 수많은 소환수를 조종하고 그러면서도 기초가 탄탄했어. 그러니 문제 없어. 그 아이에게 가르칠 건 아직 남아 있어. 그리고 기술의 폭을 더욱 넓혀. 너 자신이 발전하는 도중이야. 그야, 분했잖아? 강해지고 싶잖아? 그럼 아직 앞으로 나아갈 수 있어. 충분히 쉬었으니 슬슬 털고 일어나."

대현자는 지금 『계획대로』라는 무서운 말을 아무렇지 않게 했다.

에밀리아가 로라에게 질투하는 것도 싸움을 거는 것도 다 읽고 있었던 걸까.

하지만 에밀리아에게 중요한 것은 그 것이 아니었다.

"하지만…… 전 열다섯 살에 길드레아 모험가 학교에 입학해서 줄곧 노력해왔어요. 8년이나 연마했어요. 그걸 로라는 며칠 만에…… 아니, 그 시합 도중 몇 초 만에 넘어섰어요. 그런데도 제가 따라잡을 수 있을까요?"

"8년이라고? 웃기는구나. 내 입장에선 수십 초나 8년이나 별로 다를 게 없어. 머리에 피도 안 마른 햇병아리 씨. 이제 막 아장아장 걸을 수 있게 됐는데 어른 같은 얼굴을 하고선 자신의 한계를 정하다니 우습구나. 너도 알 텐데. 실은 지금 당장 침대에서 뛰쳐 나가 마구 특훈하고 싶지? 성장 같은 복잡한 건 생각하지 말고 밖에 나가서 마구 뛰어. 뭣하면 상대해줄까? 후련해질 거야."

대현자가 에밀리아를 바라보며 미소 지었다. 모든 것을 내다보는 얼굴이었다.

자신을 향한 그 눈빛을 보자 어쩐지 심각해져 있던 것이 바보처럼 느껴졌다.

처음부터 심각한 문제 따위는 없었던 것 같은 기분이 들었다.

"……알았어요. 부탁해요. 저, 대현자님한테 분풀이할래요."

"얼마든지. 그럼 장소를 옮기자. 그리고 에밀리아. 잠옷 벗고 씻고 나와. 아무리 그래도 땀 냄새 나."

"으."

에밀리아는 얼굴이 빨개졌다.

토라져서 제대로 밥도 먹지 않고 옷도 갈아입지 않고 지냈던 것이다.

냉정을 되찾은 지금 생각하니 스물세 살의 여자가 할 짓이 아니었다.

"그런데 대현자님……이 아니라 학장님."

"왜?"

"학장님은 진 적이 있으세요?"

"어머. 그런 일이 있을 리 없잖아. 난 천재인걸."

※

왕도에서 조금 떨어진 산에서 에밀리아는 가진 모든 마력과 기술을 대현자에게 걸었다가 되갚음당하고 회복 마법으로 회복했다가 다시 얻어맞고 기절했다가 물이 끼얹어졌다. 그럼에도 더욱 분발해서 밤새 날뛴 뒤 오랜만에 학교로 향했다.

마법학과 1학년 교실 문을 열려니 긴장이 됐다.

학생에게 진 교사를, 학생들은 어떻게 맞이해줄까.

아니, 우선은 일주일 넘게 쉰 것을 사과해야 했다.

"쓰읍……후우."

심호흡한 뒤 결심을 굳히고 문을 열었다.

"다들, 안녕."

최대한 평소와 다름없는 목소리로 인사하며 교단 앞에 섰다.

그러자 학생들이 앞쪽을 바라보더니 우르르 달려 나왔다.

"에밀리아 선생님! 안녕하세요!"

"선생님, 지난번 시합은 굉장했어요! 감동받았어요!"

"선생님은 역시 다양한 기술을 쓰실 수 있으셨네요. 빨리 배우고 싶어요!"

놀라울 정도로 환영해주었다. 영문을 모르는 에밀리아는 어안이 벙벙해졌다.

"아…… 먼저 사과할게. 지금껏 쉬어서 미안해."

수업 진도는 다른 선생님들이 나가줘서 별로 뒤처지지는 않았을 테지만…… 그런 문제가 아니었다.

갓 입학한 중요한 시기에 담임이 정당한 이유도 없이 일주일을 넘게 쉬었다.

비난받아 마땅하다.

"괜찮아요. 그렇게 굉장한 시합을 보여주셨잖아요. 지쳐서 쉬시는 건 당연해요. 선생님, 다음엔 저희와도 싸워주세요!"

그런데도 학생들은 눈을 반짝이며 오히려 칭찬해줬다.

"으음…… 그렇게 굉장했어……?"

"엄청요! 강해지면 저도 그런 멋진 전투법을 쓸 수 있다니……
상상만 해도 즐거워요."

"맞아요. 지금까진 강해진 이후의 모습이 어떨지 막연하기만 했었는데 선생님 덕분에 목표가 생겼어요. 감사해요."

분명 에밀리아는 최선을 다했다. 전술에 나무랄 데는 없었다. 그리고 졌다.

"선생님, 에밀리아 선생님!"

학생들 사이를 가르며 어린 소녀가 앞으로 나왔다.

에밀리아를 철저히 무너뜨린 로라 에드몬즈다.

"지난번 시합은 즐거웠어요! 마법을 쓰는 게 즐거웠어요!"

작은 로라가 발돋움해 큰 눈망울로 에밀리아를 올려다보며 열심히 이야기했다.

"즐거웠어? 정말? 그렇게 검을 좋아하는 네가……?"

"검은 검대로 좋아요. 하지만…… 이제야 깨달았어요. 어째서 샬롯이나 선생님, 모두가 마법에 열심인지. 저, 마법을 더 알고 싶어요. 선생님과 싸우면서 점점 강해지는 걸 느꼈어요."

"그리고 이겼지. 정말 강했어."

"네……하지만 다시 한 번 선생님과 싸워도 제가 이길 수 있을까요? 선생님이 쓸 수 있는 마법은 그게 다가 아닌 거죠?"

"뭐, 그렇지."

기술을 다 써보기도 전에 지고 말았다.

"역시 에밀리아 선생님은 굉장해요! 앞으로도 잘 부탁드려요!"

로라가 꾸벅 머리를 숙였다.

이쪽을 불쌍히 여겨서 배려하는 게 아니라 진심으로 배움을 청했다.

에밀리아는 어깨에서 힘이 쭉 빠졌다.

결국 자기가 가장 어린애였다. 그리고 지금부터 더 아이 같은 말을 할 것이다.

웃을 테면 웃어도 좋다.

"……로라 학생. 다음번엔 지지 않을 거야."

그러나 로라는 오늘 본 것 중 가장 눈부신 미소로 답했다.

"저도 지지 않아요!"

에밀리아는 그 눈부신 미소를 바라보면서 「이렇게 로라가 마법을 좋아하게 되는 것까지 대현자는 예상하고 있었을까.」라는 생각이 들며 어쩐지 무서워졌다.

전사학과나 마법학과나 의욕적인 학생은 방과 후 저마다 훈련
장으로 가 자율 훈련을 한다.

두 학과의 학생이 공동으로 훈련하는 일도 드물지 않다.

마법을 쓸 수 있는 전사. 접근전을 할 수 있는 마법사.

쓸 수 있는 기술이 많으면 많을수록 모험가로서 귀한 대접을
받는다.

물론 특기 분야 한 우물만 파는 선택도 틀린 것이 아니다.

요컨대 강해지면 된다. 그리고 지금, 전사학과 훈련장 중앙에서
두 소녀가 격렬히 칼싸움을 하고 있었다.

한 사람은 붉은 머리카락에 무슨 생각을 하는지 알 수 없는 무
표정을 짓고 무척 가냘픈 체구였다. 그 덧없는 분위기와는 반대
로 손에 든 검은 거대했다. 그야말로 쇳덩이였다.

그런 대검을 꽉 쥔 붉은 머리칼의 소녀가 무자비한 공격을 했다.

그에 반해 대치한 이는 더욱 몸집이 작은 여자아이였다. 열 살
도 안 되어 보이는 어린 소녀지만 양손검을 쥐고 과감히 맞서고
있었다.

그 소녀가 든 검은 키에 비해 꽤 큰 편이다. 하지만 상대가 든 대검이 지나치게 상식을 벗어나 있어 별로 두드러지지는 않았다.

훈련장에 있는 학생들은 모두 두 소녀의 싸움을 눈을 반짝이며 지켜보고 있었다.

한 명은 전사학과 신입생이자 최강으로 칭송받는 안나 아네트.

다른 한 명은 일전에 마법으로 정면 승부를 펼쳐 교사를 이긴 로라 에드몬즈였다.

일반적으로 생각해서, 실전이라면 로라의 승리가 확실했다. 순식간에 죽일 것이다.

그러나 이것은 검 대 검으로 하는 모의 전투였다.

로라는 최고의 특기를 봉인한 상태였다. 검 적성치에서 안나를 웃돌았다고 하지만 검 단련에 할애할 수 있는 시간은 전사학과인 안나가 압도적으로 많았다. 그러므로 승패를 예측할 수 없었다.

공방은 조금 전부터 안나가 이끌어가고 있었다.

안나는 검이 거대해서인지 매우 단조롭게 내리치거나 옆으로 베거나 찌르는 공격이 대부분이었다.

물론 다른 동작도 할 수 있지만 재빨리 쓸 수 있는 것은 주로 그 세 가지다.

로라에게는 매우 예측하기 쉬웠다. 그럼에도 고전하고 있었다.

안나의 공격 속도는 터무니없이 빨랐다.

또한 닿는 거리가 넓은 만큼 피하기 위해서는 동작을 크게 해야 했다. 로라는 좀처럼 상대의 품을 파고들 수 없었다.

막아내면 팔이 찌르르 저렸다. 검을 놓칠 것만 같았다.

주위에 어떻게 비칠지는 모르지만 로라의 주관적인 생각으로는 방어전 일색이다.

그것은 비단 오늘뿐만이 아니라 지난 일주일 동안 쭉 그랬다.

마지막 한 걸음이 좁혀지지 않았다.

로라가 한 걸음을 좁혔다고 생각해도 그 무렵에는 안나 역시 한 걸음 나아가 있다.

이렇게 분한 일도 이렇게 즐거운 일도 처음이었다.

그리고 지금 로라의 흥분은 최고조에 달해 있었다. 오감이 날카로워졌다. 안나의 사소한 동작 하나하나까지 놓치지 않을 각오로 관찰했다.

'지금이야!'

로라는 일부러 빈틈을 보여 안나의 공격을 유도했다.

그것을 검으로 막고, 받아넘겼다.

"무슨!"

안나의 대검이 스르륵 빨려들듯 지면에 박혔다.

그 틈에 로라가 단숨에 돌진해 박치기를 했다.

로라 같은 어린아이의 급소 공격도 속도만 실리면 충분한 위력이 생긴다. 더구나 안나도 그다지 몸집이 크지 않다. 충격을 견디지 못한 안나가 검을 놓치고 날아갔다.

하늘을 보고 떨어진 안나를, 로라가 깔고 앉았다.

그대로 칼날을 목에 들이대며 노려봤다.

"……졌어."

안나의 입에서 불쑥 항복 선언이 새어나왔다.

그 말을 들은 로라도 「후우.」 하고 한숨을 쉬며 어깨에서 힘을 뺐다.

"……이겼어…… 처음으로 안나를 이겼어!"

기쁨에 겨운 로라가 눈물마저 그렁해져 있는데 구경하던 학생들 사이에서 격렬한 박수가 터져 나왔다.

"결국 안나를 이겼어……."

"마법학과 학생이 전사학과 기대주 신입을 이기다니 마음이 복잡하네."

"아니, 에밀리아 선생님을 쓰러뜨린 로라를 상대로 지금껏 연승해온 안나가 이상해."

"에드몬즈 가문의 피는 못 속여."

쑥스러웠다. 한창 싸울 때는 전혀 신경 쓰이지 않았는데 끝나자마자 사람들의 시선이 신경 쓰였다.

로라는 안나를 잡아당기며 도망치듯 투기장 구석으로 이동했다.

"아, 긴장했어요…… 안나. 고마웠어요!"

"나야말로…… 로라, 오늘은 검이 날카로웠어. 무슨 좋은 일이라도 있었어?"

"잉? 좋은 일이요? 딱히…… 아, 에밀리아 선생님이 드디어 학교에 나왔어요. 기뻐요!"

"그래. 다행이다. 계속 걱정했었잖아. 분명 오늘 실력이 로라의 진짜 검 실력일 거야."

"그런가요? 전에도 딱히 컨디션이 나빴다고 할 정도는 아닐 텐데……."

에밀리아가 학교에 나오지 않아서 신경을 썼던 것은 사실이다.

그러나 그래서 검이 무뎌졌다는 자각은 없었다.

어쩌면 자신의 검은 기복이 심할지도 모른다.

이 학교에 오기 전에는 한 마을에서 한 상대와만 연습했었으니 환경의 변화가 자신을 어떻게 변화시킬지는 아직 미지수였다.

"한 번 더 붙고 싶지만 배고파졌어. 단 게 먹고싶어."

"저도요! 식당에 가요! 새로 나온 딸기 파르페에 도전해보지 않을래요?"

"뭐야 그거. 맛있겠다."

조금 전까지 전사의 얼굴이던 로라와 안나는 그 흔적조차 남기지 않고 또래의 여자아이들처럼 식당으로 달려갔다.

※

저녁을 먹기에는 이른 시간이었기에 식당은 텅 비어 있었다.

그래도 식당 아주머니들은 일하고 있어 주문할 수 있는 것이 다행이었다.

"여기요. 딸기 파르페 두 개 주세요."

"너희도 딸기 파르페니? 방금 온 학생도 딸기 파르페였는데. 역시 새로운 메뉴라 그런지 인기가 좋네. 그런데 너희들, 작구나. 많이 담아줄게."

"고맙습니다!"

키가 작아서 이득을 본 것은 처음이다.

그렇지만 로라가 작은 것은 아홉 살이기 때문이지 결코 발육이 더딘 것이 아니다.

아마도 언젠가는 어머니처럼 늘씬해질 것이다.

"창가 자리로 가자. 경치가 좋아."

"그래요!"

식당 밖으로는 관상용 정원이 펼쳐져 있다.

아침 시간에는 창가 자리를 두고 쟁탈전이 벌어지지만 지금은 사람이 없어서 그럴 걱정은 없었다.

로라는 딸기 파르페 두 개가 얹힌 쟁반을 들고서 창가로 걸어갔다.

그러자 그곳에 의외의 인물이 있었다.

"어라? 샬롯!"

"로라?! 그리고…… 안나였나?"

"어떻게 내 이름을 알아?"

이 두 사람은 초면이다. 그런데도 이름을 불린 안나가 의아한 듯 고개를 갸웃했다.

"후후. 내 목표는 학교 최강. 강해 보이는 학생은 다 체크했어요. 특히 동급생은 꼼꼼히! 아, 소개가 늦었네요. 난 마법학과 1학년 샬롯 가자드. 안나, 당신은 나의 『언젠가 쓰러뜨릴 리스트』에 들어 있어요."

"……화려한 외모에 비해 성실한 사람이네."

"후후후……."

샬롯이 대담히 미소 지었다.

하지만 지금 안나가 한 말은 칭찬이었을까.

로라는 판단이 서지 않았지만 끼어들지 않기로 했다.

"샬롯도 딸기 파르페네요."

"따, 딱히 딸기 파르페를 먹으려고 온 게 아니에요. 자율 훈련으로 지친 몸과 머리에 당분을 보충하기 위해서예요! 그런데 두 사람의 딸기 파르페…… 내 것보다 양이 많은 것 같은 느낌이 드는데요."

"헤헤. 덤으로 더 받았어요. 같이 앉아도 돼요?"

"거절할 이유는 없어요. 마음대로 해요."

"고마워요! 옆에 앉을게요!"

로라가 샬롯에게 착 달라붙듯이 앉았다.

"그럼 난 맞은편에."

안나가 샬롯의 정면에 앉아 그 얼굴을 빤히 쳐다보기 시작했다.

"……남이 파르페를 먹는 모습이 그렇게 재밌나요?"

"파르페는 아무래도 좋아. 단지 마법사는 보기만 해서는 얼마나 강한지 알기 힘든 것 같아서."

"어머. 그럼 안나는 전사끼리는 보기만 해도 얼마나 강한지 아는 거예요?"

"왠지 알게 돼."

"우와…… 나도 마법사라면 어느 정도는 알지만 전사가 얼마나 강한지는 몰라요."

"누구도 전문 분야가 아닌 건 몰라."

"그렇죠. 하지만 계속 어리광 부리는 말만 하고 있을 수는 없어요. 일류 모험가가 되려면 누구든 상관없이 실력도 꿰뚫어볼 수 있어야 해요."

"동의해. 모험자의 길은 혹독하지."

두 사람의 대화를 들은 로라는 어머나, 라고 생각했다.

샬롯이나 안나는 전혀 다른 유형의 사람인데 의외로 대화가 잘 통했다.

샬롯은 언뜻 고압적으로 보이지만 감정이 바로 얼굴에 드러나서 알기 쉽다. 그리고 말해보면 무척 다정한 사람이라는 것을 알 수 있다.

안나는 기본적으로 무표정이라서 무슨 생각을 하는지 알기 어렵다. 실제로 이렇게 여러 번 검을 겨눠본 지금도 안나가 무슨 생각을 하는지 모른다. 그러나 검에 대한 마음만은 전해졌다. 보고 있으면 부러울 정도로 무척 뜨겁고 올곧았다.

"아, 참고로 난 최근에 두 사람이 얼마나 강한지, 보기만 해도 알 수 있게 됐어요!"

로라가 딸기 파르페를 오물거리면서 아무렇지 않게 말했다.

그러자 샬롯과 안나가 굉장한 눈빛으로 노려봤다. 어째서일까.

"로라. 로라는 가끔씩 천진하게 웃는 얼굴로 내 자존심을 무참히 짓밟아요."

"귀여운 얼굴을 하고 잔인하지. 가슴이 아퍼."

"그, 그럴 생각으로 말한 게……."

단지 대화에 끼고 싶었을 뿐이다.

그렇게 빗나간 말을 한 걸까. 꺼림칙한 것은 마법 적성 9999.

모두의 감각을 파악할 수가 없다. 로라는 하루빨리 눈치 있는 사람이 되고 싶다고 간절히 빌었다.

"로라는 내 마음을 심란하게 한 벌로 나에게 마법을 가르쳐줘야 해."

"엥? 안나에게 마법을요? 어째서요? 안나는 오직 검만 바라보는 줄 알았어요."

"물론 난 검으로 싸워. 하지만 이왕에 강화 마법과 방어 마법 적성치가 있으니 배우지 않으면 손해야. 특히 근력 강화를 할 수 있게 되면 더 더 강해질 거야."

그러고 보니 입학 첫날 측정에서 안나는 『방어 마법 적성 : 29』 『강화 마법 적성 : 31』이라는 수치가 나왔다. 둘 다 마법학과에서 통용되는 레벨은 아니지만 그렇다고 전혀 쓸 수 없는 것도 아니다.

그러나 안나가 마법을 익히면 로라는 안나에게 검으로 이길 수 없게 된다.

아니. 안나가 마법을 쓴다면 이쪽도 당당히 마법을 쓸 수 있으니 조건은 같을까?

"그런데…… 우리 아버지는 정말로 치우친 생각을 가진 분이라는 걸 새삼 깨달았어요. 마법은 배워봤자 아무 쓸모도 없는 쇼라는 말을 듣고 자랐어요. 하지만 안나는 당연하게 마법을 받아들이려고 하네요. 살짝 놀랐어요."

"······보통 사람은 그렇게 치우친 생각은 안 해."

"맞아요! 마법이 쇼라니. 잘도 내 앞에서 그런 말을 하는군요!"

샬롯이 잔뜩 흥분해서 테이블을 탕 쳤다.

"내가 말한 게 아니에요! 아버지가 한 말이에요!"

"누가 한 말이든 내 귀에 들리지 않게 해줘요. 고막이 썩겠어요!"

로라는 샬롯도 충분히 치우쳐 있구나 하고 생각했다.

"에드몬즈가의 마법사는 모험가 세계에선 무척 유명해. 특히 브루노 에드몬즈는 위험하다는 평판이야."

"역시 그런가요? 하······ 나도 이 학교에 오기 전까지는 마법이 싫었어요. 샬롯이나 에밀리아 선생님이 없었다면 어떻게 됐을지 몰라요. 아, 물론 검이 싫어진 건 아니에요."

"알아. 그런데 로라. 뺨에 생크림이 묻었어."

"아, 정말이요?"

"닦아줄게."

안나가 몸을 내밀며 로라의 뺨에 손을 뻗었다.

그러나 간발의 차로 샬롯이 먼저 손가락으로 생크림을 닦아냈다.

"후후······ 로라의 뺨에 묻어 있던 생크림······ 후후······."

샬롯이 기분 나쁘게 웃으며 생크림을 할짝 핥았다.

"치사해. 내가 먼저 봤는데."

안나가 항의했지만 샬롯은 들은 채도 하지 않았다.

"이런 건 빠른 사람의 승리예요. 게다가 로라와 처음으로 친구가 된 건 바로 나. 로라의 뺨에 묻은 생크림을 가져갈 권리가 누구한테 있는지는 생각해볼 것도 없어요!"

"그렇게 말한다면 난 매일 로라와 검 연습을 하고 있어. 나에게도 권리는 있어."

"검 연습이 대수예요?! 난 로라와 같은 반에 기숙사도 같은 방이에요!"

"큭…… 뭐라고 말하지—."

평소에는 무표정한 안나가 입술을 삐죽거리며 토라졌다.

아무래도 로라의 뺨에 묻은 생크림을 차지하는 것은 꽤 중요한 일인 것 같았다. 그러나 로라 자신은 그것이 왜 중요한 건지 도무지 알 수 없었다.

"그럼 난 아직 자율 훈련이 남아서 먼저 일어날게요."

"아. 그럼 우리랑 같이 연습해요. 아, 그렇지. 샬롯도 검을 배워보지 않을래요?"

"흥미로운 제안이지만 다음 기회에."

"그래요…… 그럼 파이팅하세요!"

"파이팅."

"고마워요. 로라랑 안나도 힘내요. 그럼 이만."

샬롯이 딸기 파르페 그릇을 퇴식구에 반납하고 선선히 떠났다.

"늘씬하고 멋진 사람이네. 어른 같아."

마지막 남은 딸기를 스푼으로 뜨면서 안나가 샬롯에 대한 감상을 말했다.

"그렇죠?! 샬롯은 멋진 사람이에요!"

"하지만 저 구불구불한 금발은 좀 그러네. 너무 구불거려서 어지러울 지경이야."

"아. 그게 좋잖아요. 아침마다 힘들게 마는 거예요."

"……그 시간을 마법을 연습하는 데 쓰면 좋을 텐데."

"후후. 샬롯은 마법으로 저 머리 모양을 만드는 거예요!"

"세상에. 적이지만 훌륭해."

로라는 샬롯을 칭찬하면서 자기 일처럼 기뻐졌다.

저절로 미소가 떠올랐다.

"로라는 샬롯이 좋아?"

"네. 좋아요!"

"그래…… 난?"

"안나도 좋아요!"

"그럼 됐어. 허락할게."

"……무슨 말이에요?

"아무것도. 신경 쓰지 마…… 아, 뺨에 또 생크림이 묻었어."

안나가 손을 뻗어 생크림을 떠서 핥았다.

"이로써 샬롯과 막상막하."

"저기, 아까부터 무슨 말이에요?"

"신경 쓸 거 없다니까."

"네……."

무척 몹시 신경 쓰였다. 하지만 타인의 사생활을 침해해서는 안된다. 로라도 그 정도는 알았다.

그래서 더는 추궁하지 않았지만…… 역시 신경 쓰이는 건 신경 쓰였다.

※

왕립 길드레아 모험가 학교. 그 부지 한쪽에서 사람의 눈을 피하듯이 혼자서 마법 특훈을 하는 금발의 소녀가 있었다. 바로 샬롯 가자드였다.

샬롯은 로라와 에밀리아가 싸웠던 그날 이후로 줄곧 혼자서 수련해왔다.

물론 그 이전에도 마법 특훈을 게을리 한 적은 없었다.

그러나 지금은 죽을 각오로 달성해야만 하는 과제가 있었다.

이전처럼 **어리광을 피울 수는** 없었다.

"벼락의 정령이여. 내 마력을 바친다. 계약대로 모습을 보여라─."

우선은 에밀리아가 불러냈던 벼락의 정령을 재현했다.

에밀리아는 스무 마리를 소환했었다.

그러나 샬롯이 소환할 수 있었던 것은 고작 아홉 마리다.

아직 훨씬 못 미쳤다.

"큭…… 에밀리아 선생님은 시합 중에 해냈어. 난 충분히 집중할 수 있는 상황에서 아홉 마리……."

샬롯은 진심으로 분했다.

그러나 실제로 벼락 정령을 아홉 마리나 소환할 수 있는 1학년이 이상하다.

지금 당장 졸업해서 C랭크 모험가가 되어도 여유롭게 인정받는다.

그러나 샬롯에게는 이미 C랭크 따위는 안중에도 없었다. 교사인 에밀리아조차 관심 밖이었다.

바라보는 것은 단 한 명, 룸메이트이자 소중한 친구.

그리고 넘어서야 할 라이벌. 최강을 노린다면 결코 피해갈 수 없는 벽.

로라 에드몬즈라는, 이 세계에 뚫린 구멍 같은 이상한 재능.

입학 첫날 9999라는 적성치를 뿜어낸 로라는 기대와 호기심 어린 시선을 받으며 몇몇 사람의 라이벌이 되었다.

그러나 그 시합 후. 대부분이 태도를 싹 바꾸었다.

노골적으로 무시하거나 보통 학생처럼 대하거나 동경의 눈빛으로 바라보았다.

어느 쪽이든 라이벌로 바라보는 사람은 거의 사라졌다.

당연하다면 당연했다. 그 시합을 보고서도 싸우려는 것은 어리석은 생각이다.

로라 에드몬즈는 이미 인류의 영역이 아니다. 다른 생물이다. 도전하거나 목표로 삼을 대상이 아니다. 따라서 질투도 하지 않았다.

그러나 그런 영리한 판단을 하지 못하는 사람도 적게나마 남아 있었다.

예를 들면 전사학과의 안나 아네트는 명백히 『어리석은 쪽』이다.

언젠가 로라와 훈련이 아니라 진심으로 싸울 생각이라는 것은 보면 알 수 있다.

많은 사람들 앞에서 대패한 에밀리아도 복수전을 노리고 있었다. 그 눈은 시합 전보다 더욱 반짝였다. 그 정도로 굴욕을 맛봤는데 어떻게 다시 일어섰을까. 그 자세를 존경하지 않을 수 없었다.

그리고 샬롯도 당연히 로라와 싸우고 싶었다. 쓰러뜨리고 싶었다.

그러지 않으면 자신은 자신이 아니게 된다.

로라를 좋아하고 친한 친구이고 더욱 친해지고 싶다. 그 마음에 거짓은 없다.

그러나 그 마음과 나란히 때려눕히고 싶다고 생각했다.

원망하는 것은 아닌데 구제할 길 없는 모순이었다.

강한 상대를 보면 도전하지 않고서는 견딜 수 없었다.

머리가 이상한 건가, 하고 스스로도 진지하게 생각할 때도 있었다.

그런데도 삶의 방식을 바꿀 수가 없었다.

"벼락의 정령이여. 내 마력을 바친다. 계약대로 모습을 보여라—."

해냈다. 드디어 열 마리를 소환했다.

다음은 열한 마리. 그 다음은 열두 마리. 머지않아 에밀리아를 넘어서고 그 다음에는 로라가 소환한 그 거대 정령을 재현해낼 것이다.

그때까지는 쉴 여유가 없다.

"하아……하아…… 한 번, 마지막으로 한 번 더…….."

마력을 연속으로 사용하는 것은 샬롯의 정신에 막대한 부담을 끼쳐 몸에까지 나쁜 영향을 주었다.

그것을 알면서 훈련을 계속했다. 쉬어야 효율이 좋다는 것을 알지만 그런 상식적인 방법으로는 로라를 따라잡을 수 없다. 그야말로 죽음의 문턱까지 해야했다.


"정신이 드니? 여긴 양호실이야."

샬롯이 눈을 뜨자 흰 천장과, 옆에 앉은 에밀리아의 얼굴이 보였다.

"……에밀리아 선생님이 절 여기까지 데리고 오신 거예요?"

"그래. 굉장히 큰 마력이 느껴지길래 신경이 쓰여서 보러 갔더니 네가 정령 소환을 하고 있었어. 그리고 중간에 쓰러졌고. 내가 옆에 있는 것도 몰랐지?"

"저도 모르게……."

"집중하는 건 좋지만 너무 무모했어. 뭐야~. 그 소환술. 날 따라 한 거야?"

"네. 일단 에밀리아 선생님을 넘지 않으면 안 되니까요."

샬롯이 진지하게 답하자 에밀리아가 「아이고.」라는 표정으로 어깨를 움츠렸다.

"로라도 그렇고 너도 그렇고 올해 들어온 신입생은 어쩜 이리도 혈기가 왕성한지."

"이상한 말씀을 하시네요. 원래 모험가는 그런 생물인걸요."

"그래. 그래서 명이 짧아. 일찍 죽고 말지. 중간에 정신을 차리고 영리한 삶의 방식을 배운다면 오래 살 수도 있지만."

길드레아 모험가 학교의 학생 대부분은 그 시합을 보고 정신을 차렸다.

분명 오래 살 수 있을 것이다.

"영리한 모험가 같은 건 가짜예요. 오래 살고 싶으면 처음부터 다른 일을 택하면 되니까요."

여기, 아직 취해 있는 학생도 있다. 확실히 중독자다.[정키]

분명 평생 낫지 않는다. 이기고 싶다. 강해지고 싶다. 그렇게 생각해야만 살아갈 수 있다.

"저기. 샬롯이 어떻게 로라를 쓰러뜨리려는 건지는 모르겠지만 하나만 충고할게."

에밀리아는 로라가 이 세계에서 진짜 실력으로 상대한 유일한 사람이었다.

샬롯에게 그 충고는 어떤 의미로 대현자의 말보다 귀했다.

"뭔데요?"

"로라가 모르는 기술을 쓰면 안 돼."

에밀리아가 단호히 말했다.

마치 그것이 유일하고 절대적인 진리인 것처럼.

"그건 로라의 패를 늘리는 일이 되어서죠?"

"그래. 그 애는 어떤 기술이든 보는 것만으로 제 것으로 만들어서, 싸우는 도중에 점점 강해져. 카드를 꺼내는 순간 빼앗아 가. 하지만 로라가 아는 기술만 가지고 싸운다면 적어도 급격히 성장할 일은 없어."

"……하지만 그래서는 이길 수 없어요."

"그렇지. 그러니까 미지의 기술을 쓸 거라면 최후의 일격에 써.

반드시 일격필살을 노려. 거기서 실수했다간, 바로 몇 배가 돼서 되돌아올 거야. 인간과 싸운다고 생각해선 안 돼."

"……역시 실제로 싸워본 사람의 말은 무겁네요."

그 시합을 지켜본 자라면 어렴풋이 알 수 있는 사실이다.

무슨 짓을 하든 통용되지 않을 뿐만 아니라 로라의 성장을 부추길 뿐이다.

에밀리아를 실험대로 해서 마법 적성치 9999가 어떤 것인지 구체적인 형태로 나타났다.

『인지(人智)를 초월했다』는 것은 바로 로라를 위해 있는 말이다.

"하지만 싸울 거지?"

"물론이에요."

샬롯은 짧게 답하고 침대에서 일어났다.

"괜찮아? 기숙사까지 데려다줄까?"

"아뇨. 이제 괜찮아요. 고맙습니다."

머릿속은 로라 에드몬즈를 어떻게 공략할 것인가로 가득 차 있었다.

에밀리아를 상대하고 있을 여유가 없었다.

※

딸기 파르페를 먹은 뒤 훈련장으로 돌아와 다시 안나와 한차례 겨루었다.

이번에도 로라가 이겼다. 최상의 컨디션이다.

"……내일은 내가 이길 거야."

"네. 내일도 해요!"

그 후 안나가 마법을 가르쳐달라고 조르는 바람에 로라는 안나를 자기 방으로 데리고 왔다.

둘이서 침대 위에 앉아 마법학과 교과서와 공책을 펼쳐놓고 공부했다.

"시작할게요, 안나. 우선 마법은 크게 나눠서 여섯 가지가 있어요. 공격 마법, 방어 마법, 회복 마법, 소환 마법, 강화 마법, 특수 마법이에요."

"알아. 각각의 역할도 대강 알 것 같아. 그런데 특수 마법만은 이미지가 잘 안 잡혀."

"음…… 나도 아직 자세히 배우지 않아서 잘은 모르지만 다른 계통에 속하지 않은 마법을 특수 마법이라고 부르는 것 같아요."

"예를 들면?"

"벽 너머를 투명하게 만들거나 몇 초 앞을 예측하거나. 하늘을 날거나 모습을 바꾸거나. 그 밖에 상상도 못 할 것들을 한다거나. 그런 게 특수 마법이에요."

"하늘을 날 수 있으면 편하겠다. 로라는 하늘을 날 수 있어?"

"전 아직……. 특수 마법은 다른 마법에 비해서 무척 까다로운 거라고 에밀리아 선생님께서 말씀하셨어요."

"하지만 로라는 특수 마법 적성도 9999였어. 노력하면 될 거야."

"그럴까요? 그럼 한번 해볼게요!"

로라는 침대에 앉은 채로 자기 몸이 떠오르는 이미지를 상상했다. 그러자 정말로 몸이 두둥실 떠오르는 게 아닌가.

"굉장해…… 로라. 날고 있어."

평소에는 표정 변화가 없는 안나가 눈을 동그랗게 떴다.

"우와. 정말로 성공했어요. 나, 바람이 될 수 있어요!"

우쭐해져서 그대로 고도를 높여가자…… 쿵, 하고 머리에 충격이 느껴졌다.

"아얏!"

이곳은 방 안이다. 비행 마법을 쓰면 천장에 부딪치는 게 당연하다.

로라는 집중력을 잃고 침대로 떨어졌다.

"어서 와."

"아야야…… 다녀왔어요. 바람이 되려면 연습이 필요할 것 같아요."

"그래, 그래."

안나가 머리에 난 혹을 문질러주었다.

검을 쥐고 있을 때는 엄하지만 평소에는 무척 다정하다.

이런 점은 샬롯을 닮았다.

"특수 마법은 알았어. 내가 사용하고 싶은 건 강화 마법과 방어 마법이야. 우선은 강화 마법으로 근력을 기르고 싶어."

강화 마법은 그 이름대로 뭔가를 강화하는 마법이다.

지금 안나가 말했듯이 자기 근력을 강화하거나 동료의 근력을 강화시켜줄 수도 있다.

그 밖에도 오감의 예민화, 독 내성 강화, 심폐 기능 강화, 알코올 분해력 강화 등 무척 유용한 기능이다. 말의 근력과 내구력을 강화해서 장거리를 초고속으로 이동하는 곡예도 가능하다.

강화 마법의 대상은 생물뿐만 아니라 물체도 될 수 있다. 칼날의 날카로움을 강화하거나 마법 부적을 더욱 강화하거나 약효를 강화한다.

그렇지만 생물을 상대로 사용하는 것이 가장 효과적이며 무생물을 강화하는 것은 난이도가 높다고 수업에서 배웠다.

"강화 마법이든 뭐든 마법을 쓰려면 마력을 제어할 수 있어야 해요. 안나는 마력을 제어할 수 있나요?"

"전혀. 무슨 말인지 모르겠어."

"그럼 우선 그 연습부터 해요. 애당초 마력이라는 건 말이죠—."

근력이 육체로부터 나오는 거라면 마력은 영체로부터 나오는 것이다.

그러나 인간은 보통 자신의 영체를 느낄 수 없다.

그러나 느끼지 못할 뿐 영체는 누구에게나 있다.

영체는 영혼이라고 바꿔 말해도 된다.

"영체는 육체와 겹쳐져서 존재해요. 그래서 육체를 통해 간접적으로 영체를 느끼는 게 일반적이에요. 그러니까 내가 수업에서 배운 호흡법을 해봐요."

"호흡법? 숨을 마시는 것만으로 마법을 쓸 수 있어?"

"노 노. 이건 마법의 준비 단계예요. 자신에게 영체가 있음을 깨닫고 거기서부터 마력을 짜내는 훈련을 해요. 그럼 먼저 눈을 감고 편안하게 있어주세요."

"편안하게……."

안나는 눈을 감았다.

온몸에서 힘을 빼고 그 존재감조차 희미하게 만들어갔다.

"흠냐……."

"자는 거랑 편안한 거랑은 달라요!"

"아…… 나도 모르게."

다시 마음을 가다듬고 시도했다.

"마음이 안정됐으면 크게 숨을 들이마셔요. 그리고 멈춘다. 천천히 뱉고, 다시 멈춘다. 이걸 반복하세요. 의식하지 않아도 할 수 있게끔."

안나는 들은 대로 눈을 감고 심호흡을 반복했다.

"그럼 이제 영체를 찾을게요. 찾는다고 했지만 영체는 육체와 겹쳐져 있어서 자신의 모든 곳에 존재해요. 심호흡하면서 떠올려 볼게요. 머리 꼭대기부터 목, 어깨, 팔, 손끝. 그리고 몸통, 허리, 다리. 마음의 눈으로 보세요. 자신의 육체 말고 뭔가가 없나요? 겹쳐져 있는 게 없나요?"

"……이거?"

이거라고 말해도 안나가 어떤 이미지를 봤는지 로라는 알 수 없다.

그러나 보였다면 그것이리라.

"그 보인 영체를 움직일 수 있나요?"

"움직여. 뭔가 어두운 공간 안에서 휙휙 움직이고 있어."

"좋아요. 그럼 그걸 정신 세계에서 현실 세계로 데리고 와주세요."

무리한 요구처럼 들릴지 모르지만 이것을 못 하면 소용이 없다.

마법은 마력을 사용해서 이 세계를 새롭게 고치는 것이다.

자기 영체 정도도 끌어내지 못해서야 어쩌겠는가.

"나와라……."

안나가 중얼거리자 안나의 몸이 희미하게 빛났다.

육체에 겹쳐져서 존재하는 영체.

그것이 눈에 보이는 형태로 나타났다.

"성공이에요. 안나! 이제 눈을 떠도 돼요!"

"뭐야. 내가, 빛나고 있어."

안나가 자기 손바닥을 보며 신기해했다.

"그 빛이 바로 영체예요. 아름답죠?"

"밤이 되면 벌레가 꼬일 것 같아."

"우…… 멋없는 말을 하네요! 어쨌든 그 영체에서 마력이 나오는 거예요. 자유자재로 꺼냈다 넣었다 할 수 있게 해봐요. 그럼, 넣어보세요."

"얏."

안나의 맥 빠진 기합 소리에 옅은 빛이 사라졌다.

"우와. 꺼내는 것도 없애는 것도 한 번에 하네요. 굉장해요. 익숙해지면 영체의 일부만 꺼내서 그걸 마력으로 사용할 수 있어요. 모든 건 이미지예요. 지금은 천천히 의식하면서 했지만 재빨리 무의식으로 영체를 조종하고, 동시에 마법을 이미지로 떠올릴 수 있게 되면 실전에서도 쓸 수 있을 거예요."

"어려워 보여…… 로라도 이런 연습을 했어?"

"음…… 어느 순간 할 수 있었어요!"

그렇게 답하자 안나가 뺨을 부풀리고 뚱한 표정으로 노려봤다.

"열받아."

"어, 어째서요?! 난 아무것도 안 했는데!"

"아무것도 안 했는데 마법을 쓸 수 있으니까 열받아. 검으로 바꿔서 생각하면 이해하기 쉬워. 가령, 아무런 노력도 안 한 아마추어가 재능만 가지고 갑자기 철갑옷을 두 동강 낸다면 어떻겠어?"

로라는 들은 대로 상상해봤다.

"마구 때려주고 싶어요!"

"그런 거니까, 난 지금부터 로라를 처벌할 거야."

"처벌?! 아, 안 돼요. 옆구리는 안 돼요. 난 그런 거에 약하다구요…… 아, 아햐햐햐!"

"귀에 후우~."

"꺄앗?! 그만해요…… 아흥, 거긴 앙대여……."

로라는 귀와 옆구리, 겨드랑이, 발바닥, 허벅지 등 약한 부위를 공격당하고 흐물흐물해졌다.

"……최강인 줄 알았더니 의외로 약점이 많았어. 메모, 메모."

"우우…… 메모해도 소용없어요. 전투 중에는 귓바람 같은 건 절대 용납 못 해요……!"

"그래? 그럼 지금 해두지 뭐. 후~ 후~."

"꺄아아앗!"

로라는 제대로 저항도 못 하고 안나에게 마음대로 휘둘렸다.

몸에 힘이 들어가지 않았다.

어떻게든 기어서 도망치려 했지만 안나에게 깔려서 꼼짝도 할 수 없었다.

"헉?! 두 사람. 대체 뭘 하는 거예요!"

그때 샬롯이 돌아왔다.

이쪽을 손으로 가리키면서 빨개지더니 부르르 떨었다.

"뭐긴. 로라한테 장난치고 있었어."

"장난…… 파렴치해요! 파렴치해요!"

샬롯이 얼굴을 새빨갛게 물들이고 두 손으로 눈을 덮었다.

그러나 손가락 사이로 확실히 이쪽을 보고 있다.

"샬롯…… 보지만 말고 도와주세요……."

"지, 지금 구해줄게요! 안나, 각오해요!"

"샬롯도 귀에 후~."

"꺄아아앗!"

그렇게 안나의 무쌍이 시작됐다.

※

"정말. 안나 때문에 쓸데없이 체력을 낭비했어요."

"샬롯이 귀여운 목소리를 낸 게 잘못이야. 사과를 받아야겠어."

"어째서! 피해자는 이쪽이라구욧!"

"자, 자. 목욕 정도는 조용히 느긋하게 하자구요."

로라가 그렇게 타이르자 그제야 샬롯은 얌전해져서 어깨까지 탕에 담갔다.

그건 그렇고 기숙사 대중탕은 정말로 넓다. 집에 있는 욕조는 다리를 뻗을 수 없다. 그런데 이 대중탕은 여러 명이 함께 들어갈 수 있고 부끄러움만 무시하면 헤엄칠 수 있을 정도다.

"첨벙 첨벙."

"안나! 헤엄치지 마세요. 경망스러워요!"

부끄러움이 없는 사람이 있었다. 조금 부러웠다.

"그런데 샬롯. 안나가 간지럼을 태우기 전부터 꽤 피곤한 얼굴이던데. 도대체 뭘 하고 온 거예요? 마력도 쓴 것 같고…… 수상해요!"

"수, 수상해할 거 없어요. 단지 자율 훈련을 했을 뿐이에요!"

샬롯이 묘하게 허둥댔다. 수상하다.

"정말요? 정말 단순히 자율 훈련이에요? 뭔가 비밀스러운 필살기 특훈을 한 건…… 재밌을 것 같아요! 나도 끼워주세요!"

"만약 비밀스러운 필살기라면 더더욱 비밀이에요. 로라. 우린 분명 친구지만 동시에 라이벌이기도 해요. 전부 다 보여주진 않아요."

"라이벌인 동시에 친구…… 헤헤. 샬롯과 친구!"

"그쪽에 반응하는 거예요?!"

"그야 샬롯의 입으로 친구라는 말을 듣는 건 처음인걸요. 무척 기뻐요. 앞으로도 친구로 있어주세요!"

"으읏…… 아, 알았어요…… 하지만 라이벌도 안 그만둬요!"

"네! 그런데…… 온몸이 핑크색이에요. 어지러워요?"

비밀 특훈으로 지친 데다 안나의 귓바람 공격까지 받았으니 이미 체력은 바닥일 것이다.

쓰러지기 전에 쉬었으면 했다.

"그, 그래요. 어지러워요. 코피가 날 것 같아요!"

"앗. 그건 큰일이에요! 얼른 나가요!"

"아니…… 괜찮아요. 로라의 얼굴을 보고 있으면 나아요!"

"아, 그렇군요."

자기 얼굴에 그런 효능이 있는 줄은 몰랐다.

그러나 그에 비해 샬롯은 점점 빨개지는 것 같다.

그보다 로라가 점점 어지러워졌다.

"난 이만 나갈 테니까 샬롯은 원하는 만큼 있다 나오세요."

"그럼 나도 나갈래요."

"그럼 나도."

결국 셋 다 같이 탕에서 나와 탈의실에서 잠옷으로 갈아입었다.

이곳은 여자 기숙사다. 남자가 볼 걱정이 없기에 잠옷 바람으로 복도를 걸어도 문제없었다.

"어라? 안나. 꽤 귀여운 잠옷이네요!"

"얼마 전에 시내에서 발견했어."

안나의 잠옷은 고양이 모습의 잠옷이었다.

이런 귀여운 걸 팔다니 역시 왕도다. 로라의 고향에서는 절대로 찾아볼 수 없다.

"안나……귀, 귀여워요……."

그런 안나를 본 샬롯이 눈을 반짝이며 와락 껴안았다.

어쨌거나 샬롯은 봉제인형을 안지 않으면 잠들지 못할 만큼 봉제인형을 좋아하는 것이다.

그리고 지금 안나의 모습은 봉제인형 그 자체다. 흥분하는 것도 당연했다.

"천만에. 마음에 들면 이번 주말에 같이 사러 갈래?"

"와. 그거 좋은 생각이에요. 나도 동물 잠옷을 갖고 싶어요! 셋이서 맞춰 입어요! 파자마 파티 같은 것도 해요!"

로라, 샬롯, 안나가 동물 잠옷을 입고 침대 위에서 뒹굴거리고 과자를 먹으며 아무래도 좋을 이야기를 나눈다는 상상만 해도 즐거울 것 같다. 이건 정말로 로라가 꿈꿔왔던 학교생활이었다.

"우…… 동물 잠옷은 매력적이지만……. 주말이라고 놀 때가……."

"아~ 어째서요? 주말이니까 놀아도 되잖아요. 서, 설마 주말까지 특훈할 생각인 거예요?"

"당연해요! 그렇게라도 하지 않으면 로라를 따라잡을 수 없으니까요!"

샬롯의 말에 로라는 대꾸할 수 없었다.

샬롯과 친하게 지내고 싶지만 동시에 좋은 라이벌이길 바랐다.

그리고 샬롯은 좋은 라이벌이 되고자 전력으로 노력 중이다.

방해할 수는 없었다.

"알았어요…… 그럼 샬롯에게 어울릴 것 같은 잠옷을 사올게요!"

"부탁해요!"

상당히 강력한 부탁을 받았다.

"……무리하지 말고 같이 가면 좋을 텐데."

안나가 불쑥 말했다. 로라도 동감했다.

"유혹하지 마세요! 두 사람이 노는 동안에 연습해서 한 걸음이라도 따라잡을 거예요!"

그렇게 외친 샬롯의 눈에는 눈물이 맺혀 있었다.

사실은 함께 가고 싶어서 견딜 수 없는 것이리라. 그럼에도 가지 않겠다고 선언한 것은 상당한 결의를 품은 것이다. 이럴 경우는 역시 설득해도 소용없다.

"안나. 샬롯은 진심이에요. 아쉽지만 우리끼리라도 가요."

"샬롯하고도 친해지고 싶었는데. 실망이야."

"우······."

일단 그날은 로라와 안나만 시내에 가기로 약속하고 헤어졌다.

그리고 당일.

로라는 소음에 눈을 떴다. 벽시계를 보니 안나와 약속한 시간까지는 아직 여유가 있었다.

그런데 이 소음은 뭘까.

게다가 평소에는 눈을 뜨면 샬롯에게 안겨 있는데 오늘은 그런 감촉이 없었다.

이상하게 생각하며 몸을 일으키자 그곳에는 옷가지들을 늘어놓고 끙끙대는 샬롯이 있었다.

"······아침부터 뭐 하는 거예요?"

"로, 로라?! 이, 이건 아니에요! 연습을 빠지더라도 두 사람과 놀러 가고 싶은 게 아니라, 그러려고 뭘 입을지 고민하는 것도 아니라······ 그게, 그러니까······."

과연 이 상황에서 어떤 재치 있는 말을 할까 하고 로라는 살짝 짓궂은 마음으로 샬롯의 다음 말을 기다렸다.

그러나 아무 생각도 떠오르지 않는지 샬롯은 고개를 숙이고는 그만 울음을 터뜨렸다.

"나, 나도 데리고 가요~~."

"처음부터 무리하지 않았으면 될 텐데……."

상대가 나이가 많은데도 불구하고 로라는 그만 반말로 답했다.

아침 일찍 일어나서 살짝 저기압이던 것이다.

팔레온 왕국의 인구는 약 2백만 명으로 알려져 있다.

　국토 중앙부에 위치한 왕도 레디온은 큰 강과 인접해 있어 그곳에서 끌어온 수로가 그물망처럼 뻗어 있다.

　수로를 이용한 물류 산업이 활발한 데가 단순히 외관이 아름다워서 시민에게는 대단히 평판이 좋다.

　다만 드물게 수로에서 물 계통 몬스터가 유입되는 일이 있어 모험가 길드가 나라의 위탁을 받고 늘 경계의 눈빛을 반짝였다.

　로라는 그런 왕도를 샬롯과 안나와 나란히 걷고 있었다.

　주말에 친구와의 시내 나들이. 그런 사소한 일이 너무나도 기뻤다.

　또 지금까지 찬찬히 살펴볼 기회가 없었지만 이렇게 느긋하게 걸으니 왕도 수로의 아름다움을 알 수 있었다.

　수면에 반사된 햇빛이 아름답게 반짝였다. 그 위를 달리는 배도 귀여웠다. 바닥은 다채로운 벽돌로 채워져 있어 즐거움을 주었다.

　"왕도가 이렇게 멋진 곳인 줄은 미처 몰랐어요."

　"그러고 보니 로라는 다른 마을에서 왔었죠."

　"네. 처음으로 부모님과 떨어져서 사는 게 불안했지만…… 샬롯처럼 상냥한 사람과 같은 방을 써서 다행이에요!"

"그, 그런가요…… 천만에요!"

샬롯은 칭찬받거나 고맙다는 말을 들으면 금세 얼굴이 빨개진다.

상당히 부끄럼쟁이였다. 연상인데도 귀여운 사람이다. 로라는 샬롯의 그런 점도 좋았다.

"샬롯은 왕도 출신이에요?"

"네, 옛날부터 가자드 가문은 왕도에서 마법사를 하고 있어요. 그보다 모험가를 지망하는 사람이라면 보통 가자드라는 이름 정도는 알고 있지만요."

"앗, 미안해요…… 몰랐어요."

"뭐, 로라는 마법을 싫어하는 에드몬즈 가문이니 어쩔 수 없어요. 그러니 그렇게 미안한 얼굴 할 것 없어요."

"어라. 제가 그런 얼굴을 했어요?"

"로라는 금세 얼굴에 드러나서 감정을 읽기 쉬워요."

"우우…… 그래도 샬롯 정도는 아니라고 생각해요!"

"나, 난 감정을 얼굴에 드러내지 않아요! 포커페이스예요!"

"아아?! 진심으로 하는 말이에요?"

샬롯이 포커페이스라면 이 세상 사람들 대부분이 포커페이스다.

"그런 「이 녀석, 무슨 말을 하는 거야」 같은 표정 하지 마세요!"

"그야……."

"안나. 안나는 나랑 로라 중에 누구 감정을 읽기 쉬워요? 솔직히 답해주세요."

질문받은 안나가 로라와 샬롯의 얼굴을 번갈아 바라보고는 어깨를 움츠렸다.

"둘 다 똑같아. 생각이 그대로 얼굴에 드러나."

"그럴 수가…… 몰랐어요……."

"조심하지 않으면 전투 중에 마음을 읽히고 말 거예요……."

"거 봐. 알기 쉽게 침울해졌어."

안나에게 그렇게 지적받은 로라와 샬롯이 동시에 움찔했다.

그 움찔한 것이 또 얼굴에 드러난 것이 참담한 했다. 포커페이스로 가는 길은 험난해 보였다.

"그러는 안나는 어디 출신이에요?"

"아마도 왕도."

"아마도라니 무슨 뜻이에요?"

"나도 자세히는 몰라. 철이 들고 보니 이곳에 있었어."

"안나다운 얼빠진 대답이네요."

"면목 없어."

안나가 얼버무리듯 머리를 박박 긁었다.

"애당초 안나는 어째서 모험가를 목표로 한 거예요? 난 부모님의 영향이고 샬롯의 집은 대대로 마법사니까 알겠지만."

"그건 부끄러우니까 비밀. 아무리 로라라도 안 가르쳐줘."

"네……."

"비밀이 많네요."

"미스터리한 여자는 인기가 있대."

"아, 안나. 남자에게 인기 있고 싶어요?"

"아니, 별로."

정말 엉뚱한 말을 하는 사람이구나 하고 로라는 감탄했다.

표정으로도 무슨 생각을 하는지 읽을 수 없다. 그러나 입학 당시에 그 정도 검기를 지니고 있었다. 분명 깊은 사정이 있는 것이 틀림없다.

"그것보다 가장 큰 의문은…… 주말인데 어째서 교복을 입고 있는가예요!"

그렇다. 샬롯이 말한 대로 안나는 평소처럼 교복 차림이었다.

처음으로 다 같이 시내 나들이를 가는 것이니 누가 어떤 옷을 입고 나올지도 기대하던 것 중 하나였다. 설마 단벌일까 생각했지만.

"교복은 한 벌밖에 없는 내 외출복이야. 그것 말곤 잠옷밖에 없어."

바로 그 설마였다.

외모에 관심이 없는 걸까. 아님 돈이 없는 걸까.

모험가를 꿈꾸는 이유도 그 언저리에 존재할지도 모른다.

로라는 차마 무서워서 묻지 못했다. 샬롯도 잠자코 있었다.

"나도 샬롯한테 질문 있어. 그 펜던트. 별로 귀엽지도 않은데 왜 걸고 있어?"

"아, 그건 나도 궁금했어요! 샬롯은 엄청 멋쟁인데 어째서 펜던트만 그렇게 흉물스러운 거예요? 어울리지 않아요."

오늘 샬롯의 옷은 하늘거리는 소재의 무척이나 아가씨 같은 느낌이다.

그런데 펜던트는 해골을 응축해서 둥글게 반죽한 듯한 모양이다. 솔직히 무척 불길하다.

"휴, 흉물스럽다느니 그런 말 하지 마세요! 이건 가자드 가문에 전해져 내려오는 비옥. 봉마의 펜던트예요. 이걸 장착하면 정신에 부하가 걸려서 저절로 마력을 단련할 수 있어요!"

"아아. 모처럼 놀러 나왔는데 수행 같은 건 관둬요!"

"싫어요! 봉마의 펜던트 덕분에 두 사람과 놀면서 수행도 할 수 있어요. 벗으라고 하면 돌아가겠어요!"

샬롯은 매일 매일 수업 중에도 방과 후에도 전력을 다하고 있다. 그러니 주말 정도는 푹 쉬어야 한다.

오늘 이렇게 같이 나와줘서 로라는 안심했었다. 그런데 그런 장치가 있었을 줄이야.

이미 365일 수행을 멈추지 않을 작정인 것이리라. 수행 바보가 여기에 있다.

"하지만 봉마의 펜던트는 살짝 궁금하네요. 나도 차보고 싶어요!"

"후후, 좋아요. 아무리 로라라도 익숙지 않은 정신 부하는 버티기 힘들 거예요!"

샬롯이 즐거워하며 펜던트를 빌려주었다.

어쩌면 로라가 약한 소리를 하는 것을 보고 싶은 건지도 모른다. 그렇게 힘든가 생각하며 각오하고 목에 걸어봤다.

"……오오, 확실히 가슴에 묵직한 느낌이 와요!"

"그, 그게 다예요?"

"네. 그게 다예요."

"그렇군요……."

샬롯이 노골적으로 실망한 모습으로 로라에게서 펜던트를 받아들었다.

조금 더 격렬한 반응을 기대했던 모양이다.

"봉마의 펜던트. 나도 해보고 싶어. 잠시만 빌려줘."

안나도 흥미진진한 눈빛으로 펜던트를 바라봤다.

"안나는 관두는 게 좋아요. 전사학과인 안나는 버틸 수 없어요."

"그렇지 않아. 난 최근에 로라한테 마법을 살짝 배웠어. 그러니까 괜찮아."

"……로라, 정말이에요?"

"으음. 확실히 마력을 제어하는 기초를 가르쳐주긴 했어요……."

그 정도로는 마법을 쓸 수 있다고 할 수 없다.

더구나 샬롯이 『수련이 된다』고 판단했을 정도의 정신 부하는 절대로 버티지 못할 거라고 생각했다.

애당초 로라는 별로 부하를 느끼지 않았지만…… 자신의 감각이 세상과 동떨어진 것이라는 자각은 있었다.

"빌려줘. 빌려줘."

"정말로 잠시만이에요?"

"앗싸."

안나가 샬롯에게서 펜던트를 받아 목에 걸었다.

그 순간ㅡ.

"꺄악!"

비명을 외치며 안나는 쓰러졌다.

"아, 안나아아아!"

"어떡해요! 어떡해요!"

로라와 샬롯이 황급히 안나를 안아 일으켜 펜던트를 벗기고 뺨을 찰싹찰싹 때렸다.

"우, 우우…… 여기가 어디야?"

"안나. 정신이 들었군요! 다행이에요."

"정말. 그러게 말했잖아요. 봉마의 펜던트는 아직 안나에게는 일러요."

"······설마 이 정도일 줄은 몰랐어······ 아니, 이런 걸 차고도 태연한 샬롯이 이상해. 어떤 신경을 가진 거야?"

"사람을 무신경한 사람인 것처럼 말하지 마세요! 단순히 마력 차이예요! 그리고 아무렇지 않았던 건 로라도 마찬가지잖아요!"

"로라가 이상한 건 이미 아는 사실이니까."

"은근슬쩍 심한 말을 하네요!!"

봉마의 펜던트는 다시 샬롯의 목에 걸렸다.

안나가 살짝 분한 듯이 입을 삐죽거리고는 일어나 치마에 묻은 먼지를 털었다.

"아무튼, 저기가 잠옷을 샀던 가게야."

안나가 가리킨 곳은 큰 잡화점이었다.

아무래도 목적지를 코앞에 두고 쓰러졌던 모양이다.

"아, 저기 가면······ 그 귀여운 동물 잠옷을 살 수 있는 거네요······ 빨리 가요!"

샬롯이 혼자서 힘차게 달려갔다.

더는 참을 수 없어, 라는 느낌이다.

그러면서 처음에는 오지 않을 작정이었다고 하니 우스웠다.

"제일 귀여운 건 샬롯이야."

"동감이에요. 샬롯은 무척 귀여워요."

그런 사랑스러운 샬롯을 쫓아서 로라와 안나도 잡화점으로 향했다.

※

잡화점은 여자아이에게는 꿈의 세계였다.

필기구, 달력, 손수건, 작은 병, 컵과 그릇, 액세서리, 가방 등등.

모든 게 다 귀여워서 로라와 샬롯은 꺄아꺄아 새된 소리를 내지르며 가게 안을 돌아다녔다.

"이게 동물 잠옷이군요!"

"귀여워요……!"

한 시간 가까이 걸려 비로소 찾던 상품 앞에 도착했다.

그곳에는 다양한 동물을 모티브로 한 형형색색의 동물 잠옷이 진열되어 있었다.

"안나가 고양이였으니까 우리는 다른 동물로 해요."

"로라는 강아지 같으니까 개가 좋을 것 같아."

"그래요? 그럼 그걸로 할래요. 멍멍!"

직접 고르는 것도 좋지만 친구가 골라주는 것도 멋진 일이라고 로라는 생각했다.

"나는 뭘로 할까요."

"샬롯은 토끼 같아."

"아, 알 것 같아요. 샬롯은 딱 토끼예요!"

"내가 그렇게 토끼 같아요?"

샬롯이 모르겠다는 듯이 의아한 표정을 지었다.

"네! 외로움을 타는 것도 그렇고요!"

"혼자 두면 자살할 것 같아."

"할 리 없잖아!"

샬롯의 눈꼬리가 휙 올라갔다. 역시 표정을 알기 쉬워서 귀엽다.

그러나 로라는 자기가 이런 샬롯과 비슷할 정도로 감정이 얼굴에 잘 드러난다는 사실을 떠올리고 마음이 복잡해졌다.

"그럼 예를 들어. 로라한테 『정말 싫어』라는 말을 들었다고 상상해봐."

"아, 로라한테……?"

샬롯이 로라의 얼굴을 가만히 응시했다. 그러더니 불쑥 닭똥 같은 눈물을 흘렸다.

"그, 그럼 난 살아갈 수 없어요. 흐아앙!"

"아앗?! 진정하세요. 샬롯. 그렇게 말한 나는 상상 속의 나예요! 현실의 난 샬롯을 싫어하지 않을 거니까 울지 말아요! 자, 뚝 그쳐요."

"우우…… 로라. 로라아아앙!"

눈물 콧물 범벅이 된 샬롯이 로라의 품에 안겼다.

다른 손님들이 무슨 일인가 하고 보러 왔다. 무척 창피했다.

로라는 안나에게 도움을 청하려 했지만 안나는 일행이 아닌 것처럼 엉뚱한 방향으로 보고 있었다.

"저기, 샬롯. 사람들이 쳐다봐요…… 창피하니까 그만하세요!"

"세상에…… 역시 로라는 내가 싫은 거군요!"

"아니래도요! 정말. 어쩌다가 이렇게 돼버린 걸까요?!"

로라는 울음을 그치지 않는 샬롯을 질질 끌며 계산대로 갔다.

"자. 자기 건 직접 계산하세요."

샬롯이 훌쩍거리며 지갑에서 돈을 꺼냈다.

그런데 점원에게서 종이봉투를 건네받자 동물 잠옷을 손에 넣은 기쁨이 슬픔을 이겼는지 점점 미소를 띠었다.

"후후후. 오늘 밤은 파자마 파티예요."

"단순해."

"안나. 뭐라고 했어요?"

"딱히 아무 말도."

"거짓말!"

샬롯이 안나의 뺨을 쭉 잡아당겼다.

"두 사람 다 싸우지 마세요. 그것보다 아직 시간이 있으니까 다른 곳도 구경해요!"

"그래요. 로라, 특별히 가보고 싶은 데가 있나요? 안내할게요."

"음…… 하지만 왕도에 뭐가 있는지 몰라요……."

생각해보면 입학한 이후로 지금껏 학교 안에서만 생활해왔다.

어차피 식당에 가면 공짜로 밥을 먹을 수 있고 매점에 가면 생활용품을 살 수 있다.

오늘도 동물 잠옷을 산다는 용건이 없었으면 기숙사에 틀어박혀 이론 수업을 예습복습 하거나 뜰에서 검 훈련을 했을 것이다.

"그렇다면 가볼 만한 곳이 있어. 무척 활기차고 우리라면 즐기면서 돈도 벌 수 있어."

"아, 그런 굉장한 곳이 있어요?! 방금 동물 잠옷을 사느라 이번 달 용돈을 써버려서 돈을 벌 수 있다면 감사해요!"

"안나. 난 왕도 토박이지만 그런 곳은 모르는걸요?"

"그럴 리가. 알지만 감이 오지 않는 것뿐이야."

샬롯이 손으로 턱을 괴고 생각에 잠겼다.

그러나 도무지 감이 잡히지 않는 모양이었다.

"모르겠어요……."

로라도 이것저것 생각해봤지만 전혀 떠오르지 않았다.

즐기면서 돈을 번다. 만약 실제로 존재한다면 최고의 장소이리라.

"둘 다 한심해. 길드레아 모험가 학교의 학생으로서 실격이야."

그러고는 안나가 정답을 알려주었다.

듣고 보니 과연 그랬다.

어째서 몰랐을까 하고 머리를 감싸 쥐고 싶어졌다.

"정답은 간단해. 모험가 길드야."

※

모험가 길드는 웬만한 규모의 마을이라면 반드시 있다고 해도
될 정도였다.

각 지부는 독립성이 높고 지부장과 간부의 재량에 따라 운영된
다. 그렇지만 아예 연계성이 없는 것은 아니다.

어느 한 지부에서 모험가 등록을 하면 다른 지부에 가도 임무
를 맡을 수 있다.

강력한 몬스터가 나타나 그 마을에 있는 모험가만으로는 대처
할 수 없을 때는 다른 지부에 도움을 구할 때도 있다.

모험가 등록에 나이 제한은 없다. 다섯 살 아이건 다 죽어가는
노인이건 자기 발로 길드까지 올 수 있으면 간단히 등록할 수 있다.

물론 갓 등록한 신참 모험가에게 어려운 임무는 맡기지 않는다.

거의 확실하다시피 죽는 데다 실패가 계속되면 그 지부의 신용
이 떨어진다.

그래서 모험가는 순위제로 되어 있다.

처음에는 G랭크부터 시작해서 실적을 쌓아나가면 F랭크, E랭

크로 올라간다.

랭크가 오르면 어려운 임무를 맡을 수 있게 된다.

"사실은 나 E랭크 모험가야."

왕도의 모험가 길드로 향하는 도중, 안나가 뜻밖의 말을 했다.

"네에?! 아직 학생인데 벌써 모험가예요?"

로라는 그렇게 말하며 놀란 반응을 보였지만, 샬롯은 자못 당연하다는 표정이었다.

"어머. 등록만이라면 나도 했어요. 아직 임무를 맡은 적이 없어서 여전히 G랭크지만요. 어차피 G랭크가 맡는 임무는 약초 수집이나 밭일 돕기 등 도무지 모험가의 일이라고 할 수 없는 것들뿐이에요. 하지만 길드레아 모험가 학교를 졸업하면 단숨에 C랭크. 나름대로 상대할 가치가 있는 몬스터와도 싸울 수 있어요."

"난 착실히 노력해서 E랭크까지 왔어. 길드의 승급 심사는 엄격해서 랭크를 올리려면 시간이 걸려. 특히 어린아이는 실력이 있어도 쉽게 승급할 수 없어."

안나의 말로는 E랭크가 되어야 비로소 벌이다운 벌이가 되는 모양이다. 그 아래 랭크는 용돈 수준의 보수를 받는다.

재학 중이나 입학 전에 모험가로 데뷔하는 학생은 안나 말고도 많고, 받은 보수를 용돈으로 쓰거나 집으로 생활비를 부친다고 한다.

"하지만 임무를 맡을 수 있는 기간이 주말 이틀 정도밖에 안 되니까 그렇게 많이 벌진 못해. 장시간 호위 임무 같은 것도 무리야."

"출석 일수가 모자라게 돼요. 그리고 분명 『D랭크 이상의 몬스터와 싸워선 안 된다』는 교칙이 있었어요. 평범한 학생은 도리어 당하고 마니까요."

"그렇군요. 그럼 나도 등록만 해둘까요?"

"등록하면 길드 직영점에서 싸게 무기를 살 수 있어. 몬스터 가죽이나 유적지에서 찾은 아이템도 팔 수 있고. 이걸 이용하면 임무를 받지 않아도 나름대로 돈을 벌 수 있어. 누군가의 의뢰가 아니니까 실패하더라도 폐가 되지 않아. 자기가 죽을 뿐이지."

"우와! 그럼 다 같이 몬스터를 퇴치하러 가요!"

모험가 길드는 수로 가에 위치한 큰 건물이었다.

안으로 들어가니 얼굴에 흉터가 있는 건장한 남자와 후드를 쓴 무척이나 마법사같은 자들이 돌아다니고 있었다.

접수대에서는 몇몇 여성 접수원이 모험가들을 상대하고 있었다.

"저 게시판에 임무 내용이 적힌 종이가 붙어 있어. 맡고 싶은 임무가 있으면 떼서 접수대로 들고 가. 단, 자기 랭크보다 높은 임무는 맡을 수 없어. 모험가 등록도 접수대에서 해. 2층에 가면 술집이 있어. 우린 어려서 술은 못 마시지만 요리가 싸고 맛있어. 술집에서는 정보 교환이나 파티원 스카우트가 활발히 이루어져. 건물

뒤편으로 가면 길드 직영인 무기상이나 도구상이 죽 늘어서 있어. 저렴하고 나름대로 질 좋은 물건들을 갖추고 있지. 내 검도 길드 직영 무기상에서 샀어. 이 가게들은 모험가만 이용할 수 있어."

"우와. 모험가가 되면 다양한 혜택이 있네요. 싸고 나름대로 괜찮은 가게를 이용할 수 있는 점이 마음에 들어요!"

"어머. 싸고 나름대로 괜찮은 물건보다는 비싸도 아주 좋은 물건을 골라야 하는 거 아닌가요?"

로라와 안나가 「싼 건 좋은 것」이라며 들떠 말하는데 옆에 있던 샬롯이 찬물을 끼얹었다.

"······부자는 이렇다니까."

"우리 집은 그럭저럭 돈이 있었지만 그런 사치는 하지 않았어요! 샬롯의 금전 감각이 걱정이에요!"

"아니에요! 세세한 것을 절약하려고 골치를 썩는 것보단 수입을 늘리는 데 전력을 다해야 해요!"

어째선지 세 소녀가 모험가 길드에서 돈의 씀씀이에 대한 화제로 이야기꽃을 피웠다.

"수입을 늘리되 지출을 줄인다. 이게 돈을 모으는 요령이야. 쓴 만큼 벌면 된다는 샬롯에게는 가계부를 맡길 수 없어. 좋은 신부가 될 수 없어."

"내 목표는 최강의 모험가예요. 신부 같은 건 관심 없어요."

"음. 난 모험가와 신부 둘 다 되고 싶어요. 어머니는 두 가지를 다 잘 하세요."

"로, 로라가 내 신부?!"

"그런 말은 안 했어요! 어디서부터 잘못 들은 거예요!"

그렇게 되받자, 샬롯이 푹 고개를 떨구었다.

여자아이끼리 결혼할 수 없다는 것을 뻔히 알면서 말이다.

무슨 생각을 하는 걸까.

"앗! 혹시 샬롯은 수상한 취미를 가진 사람이었어요?!"

"아, 아니에요! 단지…… 로라가 다른 사람의 신부가 되어버리면…… 더는 로라를 베개처럼 안고 잘 수가 없잖아요……."

"평생 날 포옹 베개로 삼을 생각이었어요?!"

"바보 같은 소리 그만하고 얼른 모험가 등록이나 해. 지금 접수대가 비어 있어."

안나의 지적에 로라는 비로소 본래의 목적을 떠올렸다.

그렇다. 자신은 샬롯의 포옹 베개가 아니라 모험가를 꿈꾸는 소녀다.

"실례합니다. 모험가가 되고 싶어요!"

"어머나. 귀여운 모험가 지망생이구나. 자, 여기 이름을 쓰고 지장을 찍어줘. 글자를 못 쓰면 내가 대신 써줄게!"

"괜찮아요. 쓸 수 있어요!"

"어린데도 똑부러지는구나."

자기 이름을 술술 적어나가는 로라의 모습에 여접수원이 감탄했다.

읽기와 쓰기는 어렸을 때부터 부모에게 충분히 배웠다.

모험자에게 가장 중요한 것은 실력이지만 그렇다고 머리가 나빠도 되는 것은 아니다.

애당초 글을 읽지 못하면 게시판에 적힌 임무 내용조차 읽을 수 없다.

"로라 에드몬즈구나. 잠시만 기다려. 모험가증을 만들어 올게."

"네!"

5분쯤 기다리자 여접수원이 작은 금속판을 들고 왔다.

그 금속판에는 『로라 에드몬즈』 『G랭크』라고 새겨져 있었다.

"이걸 보여주면 전 세계 어느 모험가 길드에서든 임무를 맡을 수 있어. 재발행에는 수수료가 드니까 잃어버리지 않게 조심해."

"네. 고맙습니다!"

이로써 로라도 모험가가 되었다.

단지 등록한 것뿐이지만 기쁜 마음에 모험가증을 꽉 쥐고서 샬롯과 안나에게로 달려갔다.

"보세요! 짠~!"

"등록 축하해."

"이제 우린 다 모험가네요. 그럼, 뭘 잡으러 갈까요?"

"내가 추천하는 건 일각 토끼야. 고기와 뿔 모두 비싸게 팔리거든."

"아무리 벌이가 좋아도 보람이 없으면 소용없어요. 어디 드래곤은 없을까요?"

"왕도 근처에 드래곤이 나타나면 그건 큰일이야. 게다가 우린 아직 드래곤과 싸우기엔 일러."

드래곤은 최강의 몬스터다. 이것은 촌뜨기도 안다.

드래곤을 쓰러뜨린 파티는 단번에 유명해질 수 있고 혼자서 쓰러뜨리면 A랭크에 맞먹는 실력자로 인정받는다.

안나와 샬롯도 학생으로서는 최강 수준이지만 드래곤과 싸우는 것은 성급하다.

"뭐, 로라가 진짜 실력을 발휘한다면 이야기는 다르지만."

"로라에게 의지하면 수행이 안 돼요!"

"나도 드래곤하고 싸우는 건 싫어요."

"그래? 로라라면 여유 있게 이길 수 있을 것 같은데."

"네. 로라라면 이길 수 있겠죠…… 분해요!"

샬롯이 뺨을 부풀리며 토라졌다. 귀엽다.

그런데 로라는 정말로 드래곤을 이길 수 있는 걸까?

드래곤의 강력함에 대해서는 부모님에게도 들었고 그림책에도 나와 있다.

로라에게 드래곤은 고된 수행 끝에 비로소 쓰러뜨릴 수 있는 괴물이었다.

그러나 세 사람의 담임인 에밀리아는 드래곤을 혼자서 무찌른 공적으로 A랭크가 되었다.

로라는 그런 에밀리아를 1대 1로 상대해서 쓰러뜨렸다.

그렇다면 로라도 드래곤을 쓰러뜨릴 수 있을지도 모른다.

뭐, 왕도 근처에 드래곤이 있을 리가 없고 있다 해도 이미 토벌대를 보냈을 테니 시험해볼 도리는 없다.

'만약 정말로 쓰러뜨릴 수 있다면 해보고 싶어……'

그렇게 생각한 것도 잠시.

"큰일 났어! 강 하류에 리바이어던이 나타났어! 지금 내 동료들이 싸우고 있어…… 누가 좀 도우러 가줘……!"

갑자기 길드에 들이닥친 남자가 크게 외치고는 그대로 털썩 쓰러졌다.

"리바이어던이요?!"

"물가에 나타나는 아룡. 소문에는 드래곤보다 멋있대."

"보고 싶어요. 완전 보고 싶어요!"

로라와 샬롯, 안나가 얼굴을 마주 보고 고개를 끄덕였다.

세 사람의 모습을 보고 있는 어른이 있었다면 『어린애들끼리 위험한 곳에 가면 못 써.』라고 꾸짖었겠지만 불행인지 다행인지 길드는 리바이어던이라는 단어가 주는 임팩트에 한창 소란스러워져 있었다.

※

길드로 달려온 남자는『진홍의 방패』의 일원이었다.

진홍의 방패는 B랭크 모험가 세 명과 C랭크 모험가 다섯 명으로 이루어진 왕도 부근에서도 손꼽히는 파티다.

몬스터 토벌 임무의 달성률은 무려 백 퍼센트.

길드로부터 절대적인 신뢰를 얻고 있었다.

그리고 오늘은 이상 번식한『네 발 집게 게』떼를 토벌하기 위해서 왕도 부근을 흐르는 대하『메젤 강』하류로 향했다.

진홍의 방패는 순조롭게 네 발 집게 게를 쓰러뜨렸지만 별안간 수면 위로 거대한 그림자가 나타났다.

원래 바다에 살고있는 리바이어던이었다.

리바이어던은 아룡이다.

진짜 드래곤에는 못 미치지만 아무런 준비 없이 도전할 수 있는 몬스터가 아니다.

그러나 진홍의 방패는 싸울 수밖에 없었다.

뒤돌아 도망치면 뒤에서 공격당할 것이고, 무엇보다 리바이어던을 막지 않으면 인근 마을과 왕도에 피해가 간다.

"부탁이야…… 동료들은 아직 싸우고 있을 거야…… 도와줘……."

남자가 마지막 힘을 쥐어짜내 말했다.

분명 다리 힘 강화 마법을 사용해 전력으로 이곳까지 달려와서 체력도 마력도 전부 써버린 것이리라.

"안심하세요. 지금 바로 긴급 지원을 받을게요. 당신의 동료를 반드시 구할게요."

한 여접수원이 남자를 안아 일으켰다.

그러자 남자는 안도한 표정을 짓고는 그만 기절해버렸다.

그러나 지금 지원을 받아 모험가들을 보내서 될 일이 아니다.

리바이어던은 토벌할 수 있겠지만 남자의 동료들은…….

"만약 진홍의 방패를 도울 거라면 서두르는 게 좋아. 우리가 전력으로 달려가면 늦지 않을지도 몰라."

"잠깐만요. D랭크 이상 몬스터와 싸우면 안 된다는 교칙이 있어요. 리바이어던은 B플러스예요. 들키면 정학이에요."

"하지만 사람 목숨이 달렸어."

그렇다. 정학 처분을 받는 것은 큰일이지만 사람이 죽는 것은 더욱 큰일이다.

적어도 로라만이라도 가야 하지 않을까.

남자가 말했던 장소까지는 다리 힘 강화 마법을 쓰면 5분 정도면 도착한다.

빨리 쓰러뜨리고 빨리 돌아가면 학교에는 들키지 않을 것이다.

'아니, 그것보다 더 좋은 방법이 생각났어!'

손에 든 종이봉투의 내용물이야말로 이 상황을 타개할 최강의 장비다.

"마침 지나는 길이니까 기숙사에 들렀다 가요! 안나의 잠옷을 가지러 가요!"

"잠옷······? 로라, 설마······."

"네. 우리······ 변신해요!"

※

진홍의 방패는 괴멸 직전이었다.

아직 모두 살아 있는 것이 기적이었다.

"포기하지 마! 반드시 도우러 올 거야······ 그때까진 버텨!"

리더인 B랭크 검사이 소리치고, 돌진해온 리바이어던의 이빨을 튕겨냈다.

세 마법사가 근력 강화와 방어력 강화를 베풀어 간신히 전위는 유지되고 있었다.

부상도 심각한 수준이 아닌 한 이곳에서 치료할 수 있다.

그러나 그것도 세 마법사의 마력이 남아 있는 동안이다.

마력은 머지않아 바닥난다.

그 순간 진홍의 방패는 전멸한다.

'젠장…… 역시 녀석은 늦은 건가…….'

입 밖에는 내지 않았지만 리더는 슬슬 포기하고 있었다.

"리바이어던! 행패는 거기까지예요!"

그때 동물 잠옷을 입은 세 소녀가 나타났다.

※

기숙사로 돌아가 잠옷으로 갈아입은 세 소녀는 강 하류를 향해
달렸다.

로라와 샬롯은 당연하고 안나도 근력 강화 마법을 제법 사용할
수 있게 되어 로라를 선두로 슬립스트림을 이용해서 이곳까지 달
려왔다.

슬립스트림이란 빠르게 이동하는 물체 뒤쪽에 생기는 나선형의
공기 흐름이다.

이 현상에 의해 로라 뒤쪽의 기압이 내려가 샬롯과 안나를 끌
어당겨 초가속에 성공했다.

그리고 가까스로 진홍의 방패가 죽기 전에 도착할 수 있었다.

"자, 잠깐만요. 로라. 역시 이 모습은 부끄러워요······!"

"지금 난 로라가 아니에요. 멍멍 1호예요! 그렇죠? 야옹 2호."

로라가 고양이 잠옷을 입은 안나에게 물었다.

"그래. 지금 난 『인형탈부대 파자마레인저』 소속 야옹 2호. 토끼 3호도 부끄러워 말고 당당히 행동해."

"우우······ 왜 내가 이런 짓을······ 가자드 가문의 명성에 흠집이······."

샬롯이 눈시울을 붉혔다. 그러나 이내 체념했는지 얼굴을 들고 리바이어던을 노려봤다.

리바이어던은 뱀처럼 가늘고 긴 실루엣을 띠고 있었다.

그 크기는 드래곤의 아종인 만큼 거대했다.

벌린 입은 사람 셋쯤은 단숨에 삼킬 수 있을 정도로, 엄청난 위압감을 내뿜었다.

그러나 샬롯은 조금도 주눅 들지 않았다.

"애초에 그쪽이 왕도 근처에 나타난 게 잘못이에요! 뭐예요. 네 발 집게 게가 늘었다고 먹으러 온 거예요? 한심하군요!"

"게에 눈이 멀어 왕도의 평화를 위협하는 리바이어던. 하늘이 용서해도 우리가 용서치 않아."

안나가 샬롯을 거들었다.

그리고 마무리 투수로 로라가 외쳤다.

"천하무적 의좋은 3인조. 인형탈부대 파자마레인저!"

그 흐름을 타고 세 사람이 포즈를 취하자 등 뒤에서 펑, 하고 폭발이 일어났다.

로라가 마력으로 펼친 연출이었다.

진홍의 방패가 넋 나간 얼굴로 이쪽을 바라봤다. 그뿐만 아니라 리바이어던까지 얼어붙어 있었다.

인형탈부대의 멋진 모습에 넋을 잃은 걸까.

"첫 공격은 내가 해."

안나가 동물 잠옷 위에 메고 있던 검을 겨누며 리바이어던을 베려고 달려들었다.

그러나 칼날이 박히지 않았다.

리바이어던의 단단한 비늘은 안나의 공격조차 튕겨냈다.

"야옹 2호. 위험해!"

참격을 튕겨낸 리바이어던이 포효하더니 채찍처럼 몸을 일렁여 안나에게 몸을 부딪쳤다.

로라가 마력을 날려 안나에게 방어 마법을 걸었다.

그 덕에 안나는 다치지 않고 튕겨 날아가는 것에 그쳤다.

"그럼 이번엔 내 차례예요. 빛이여—."

샬롯이 봉마의 펜던트를 벗고 주문 영창을 개시했다.

"내 마력을 바친다. 따라서 계약이다. 적을 쳐부숴라—."

© 2016 Riichu

입학 첫날 보여준 빛의 화살이다.

다만 거기 담긴 마력은 그때보다 훨씬 강력했다.

샬롯이 매일 노력해온 증거였다. 그러나 상대는 아룡 리바이어던이다. 정면에서 마법을 쏘는 것은 안 좋은 방법이었다.

"그르르르르—!"

리바이어던이 낮게 으르렁거렸다.

그러자 빛의 화살은 명중하기 직전, 안개처럼 흩어졌다.

"아앗. 내 마법이 분해됐어?! 아룡이라도 용은 용. 마법에 대한 소양도 있다는 거군요…… 그럼 이건 어때요!"

샬롯이 잇따라 공격 마법을 퍼부었다.

분해 속도가 따라잡지 못할 정도의 물량으로 공격할 생각이었다.

그러나 아무리 천재라고 해도 14세 소녀와 리바이어던을 비교하면 후자가 몇 배는 더 능란했다.

공격 마법 대부분이 분해되고 겨우 몇 발이 명중했지만 두꺼운 피부에 가로막혀 별다른 효과를 얻지 못했다.

"큭…… 듣던 대로 괴물이에요……!"

샬롯이 어깨를 들썩이면서 괴로운 듯 말했다.

"후후후. 그럼 이번엔 내 차례예요!"

로라가 한 발 앞으로 나아가 미소를 지으며 우뚝 섰다.

그 순간, 리바이어던의 눈이 가늘어진 것처럼 보였다.

동시에 살기가 단숨에 부풀어 올랐다.

지금까지는 인간을 가지고 노는 듯한 모습이었는데 그 여유가 사라진 것이다.

아무래도 로라의 힘을 꿰뚫어본 모양이었다.

"그가아아아아아아아아아아아!"

공간 자체를 진동시키는 초저음이 울려 퍼졌다. 동시에 리바이어던을 중심으로 방대한 마력이 퍼져나갔다.

"이건…… 리바이어던의 주문이에요?!"

"강이 얼었어요!"

메젤 강은 누구나 인정하는 대하이고 그 폭은 작은 마을 하나쯤은 간단히 품을 정도였다. 그런 메젤 강의 흐름이 끊겼다.

새하얀 얼음에 뒤덮여 대기의 온도까지 떨어졌다. 날숨이 흰색을 띠었다.

얼어붙은 강이 솟아올라 몇 개의 기둥을 만들었다.

"설마 저 얼음 기둥을 우리한테 날릴 생각인가?"

안나가 검을 고쳐 잡으면서 중얼거렸다.

기둥 하나하나가 안나보다 훨씬 크다.

검으로 막는 것은 분명 불가능할 것이다.

"와요!"

"괜찮아요. 방어 결계를 칠게요!"

로라가 자신들뿐만 아니라 진홍의 방패까지 감싸는 거대한 방어 결계를 구축했다.

　리바이어던이 마력으로 조종한 얼음 기둥이 열 개, 스무 개 날아왔지만 모두 결계에 가로막혀 산산이 조각났다.

　"마지막으로 나, 멍멍 1호의 공격이에요! 방금 본 걸로 얼음 마법을 익혔거든요!"

　뿌득거리는 소리를 내며 얼어붙은 강 전체가 공중에 떠오르기 시작했다.

　그것은 까마득한 높이에서 멈추고 부서지고 형태를 재구성해 바로 아래를 노리는 창의 군집이 되었다.

　그 수는 대략 천 개. 창끝은 물론 리바이어던을 향해 있었다.

　"가라아아아앗!"

　로라의 신호와 함께 천 개의 창이 떨어져 내렸다.

　리바이어던은 포효로 공기를 진동시켜 얼음 창을 깨부쉈다.

　그러나 부서진 것은 고작 십수 개다.

　천 개의 물량 앞에서는 언 발에 오줌 누기였다. 그대로 허무히 꿰뚫리고 찢기고 다진 고기가 되었다.

　"그아아아아아!"

　마지막으로 리바이던의 비명을 끝으로 축 늘어진 거대한 몸뚱이를 지면에 내뻗었다.

지진 같은 진동을 일으키고는 더는 움직이지 않았다.

"앗싸. 이겼어요! 진홍의 방패 여러분. 괜찮으세요?"

로라가 진홍의 방패에게 손을 흔들었다.

"아, 으응…… 그런데 너희들은 대체……?"

"우린 마침 지나가던 동물 『인형탈부대 파자마레인저』예요. 길드레아 모험가 학교의 학생이 아니에요. 결단코! 그럼 안녕히!"

"아, 로라. 잠깐만요!"

"진홍의 방패에게 사례금 정도는 받아도 괜찮을 텐데……."

정체가 탄로 나기 전에 탈출해야 한다.

다시 슬립스트림으로 가속해 왕도로 향했다.

그래도 오늘은 즐거웠다.

친구와 쇼핑을 하고 모험가 등록을 하고 리바이어던을 쓰러뜨렸다.

마지막 일을 누구에게도 자랑할 수 없는 것은 살짝 아쉽지만 진홍의 방패를 구해냈다.

그럼 된 게 아닌가.

※

샬롯은 잠들 수 없었다.

자신도 로라도 귀여운 동물 잠옷을 입어서 더없이 행복한데 머릿속은 리바이어던을 쓰러뜨리는 로라의 맹렬한 공격으로 가득 차 있었다.

"흠냐…… 딸기 파르페 맛있어요……."

이 얼빠진 잠꼬대의 주인공이, 또래의 소녀와 비교해도 못미더운 표정을 한 로라가.

왕도 최강이라 할 수 있는 파티 『진홍의 방패』조차 쓰러뜨리지 못한 리바이어던을 순식간에 물리쳤다.

새삼 놀랄 일은 아니다.

그 정도 능력을 가졌을 거라는 짐작은 했었다.

그러나 문제는 샬롯이 리바이어던을 당해내지 못했다는 것이다.

그 사실을 알게 된 직후의 로라의 무쌍이다. 실력 차이가 너무도 컸다.

에밀리아는 더욱 강렬한 방식으로 그 사실을 알게 되었지만 그럼에도 일어섰다.

자신도 그럴 수 있을까?

아니다. 뭐야, 그 생각은.

일어서는 게 아니다. 이기는 거다. 로라 에드몬즈를 이기는 거다.

하지만 언제? 어떻게?

"도전하는 건 1학기 말…… 여름방학 전에 열리는 교내 토너먼트. 방법은……."

 방법은 정해져 있다. 노력과 근성.

 샬롯은 그것으로 강해져왔다. 다른 방법 따위 알지 못한다. 그 순도를 높여갈 뿐이다.

 정말 그걸로 따라잡을 수 있을까? 알 게 뭔가. 해보기도 전에 스스로를 의심해서 어쩌자는 건가.

 그저 몸이 부서질 때까지 단련할 뿐이다.

 올려다보기만 하는 것은 소용없다. 따라잡고 덤비고 넘어선다.

 그 정도 각오로 임하지 않으면 로라의 발끝에도 미치지 못한다.

 이렇게 가까이에 있는데도 무척 먼 존재처럼 느끼고 말았다.

 싫다. 친구인데. 줄곧 친구로 지내왔는데, 친구이기에 어깨를 나란히 하고 싶은 게 아닌가.

 하지만 로라는 점점 강해져간다.

 처음부터 차이가 있었지만 계속 벌어질 뿐이었다.

 "하지만 금방 따라잡겠어요. 로라는 신경 쓰지 말고 척척 나아가세요. 혼자 두진 않을게요."

 지금까지의 자신은 상식적이었다.

 제정신을 유지하는 훈련 따위는 별것 아니었다.

 지금부터는 제정신을 버릴 각오로 임해야 한다.

 특히 토너먼트 직전에는 인간이기를 포기할 정도의 각오로 임할 것이다.

"좋아하기에 더욱 쓰러뜨리겠어요. 로라."

※

일주일은 7일이다.

그중 닷새가 수업이 있는 날이고 주말 이틀은 쉬는 날이다.

로라는 일요일을 이론 공부를 하는 데 쓰기로 했다.

이론 수업 때 배우는 것은 모르는 것투성이다.

수업 진도를 따라가는 것이 벅차다.

어제는 다 같이 쇼핑을 하고 리바이어던을 무찔렀으니 오늘 하루는 제대로 공부하자.

'샬롯이 있으면 모르는 걸 물어볼 수 있는데……'

기댈 곳인 샬롯은 오늘도 어딘가에서 특훈 중이다.

도대체 어떤 특훈을 하는 걸까. 물어도 알려주지 않는다.

가능하다면 특훈도 함께하는 게 더욱 신날 것이다.

그러나 유감이게도 로라는 『특훈하지 않으면 마법을 쓸 수 없다』라는 느낌을 몰랐다.

'실제로 다들 날 어떻게 생각할까?'

적? 라이벌? 괴물? 관심 없음?

'무서워서 못 묻겠어······.'

적어도 내심 평온하지는 않으리란 것은 짐작할 수 있다.

그래서 일단 눈에 띄지 않게끔 행동하려 했다.

그러나 어제의 리바이어던 사건은······ 흥에 겨운 나머지 도를 넘어버린 것 같았다.

조금 더 자중하자고 로라는 다짐했다.

"로라 있어?"

침대에 엎드려 교과서를 읽고 있는데 노크 소리가 들렸다.

"안나?"

문을 열자 동물 잠옷을 입은 안나가 있었다.

"심심해서 놀러 왔어."

"아, 어서 와요. 어서."

로라는 땡땡이칠 핑계가 생겨서 기뻤다.

"그런데 낮부터 웬 잠옷 바람이에요?"

"교복이랑 잠옷밖에 없다고 했잖아."

"······언제 빨았어요?"

"사흘에 한 번은 꼭 빨아. 마법학과 사람한테 부탁해서 온풍기도 틀어. 그럼 금방 말라."

"그렇군요······."

안나만의 생활의 지혜다.

로라가 따라 할 기회는 없을 듯하다.

"그런데 학교 안에 우리 소문이 파다해."

"네?"

"인형탈부대 파자마레인저."

"아…… 하지만 정체는 들키지 않은 거죠?"

"현재까지는. 리바이어던의 습격을 받은 진홍의 방패를 구한 의문의 인형탈 3인조. 그 정체를 두고 식당이고 훈련장이고 토론이 한창이야."

"후후후…… 설마 그 인형탈이 우리인 줄은 모르겠죠!"

"응. 완벽한 변장이었어."

로라와 안나가 만족스럽게 서로를 보며 끄덕였다.

그때 뜻밖의 인물이 찾아왔다.

마법학과 교사 에밀리아였다.

"아, 있었구나. 저기, 로라. 안나. 그리고…… 샬롯은 없나보네."

"샬롯은 특훈 중이에요!"

"그럴 거라고 생각했어. 어제도 샬롯만 특훈했니?"

"아뇨. 어제는 셋이서 놀았어요!"

"그래…… 근데, 어제 있었던 리바이어던 사건은 들었니?"

"네! 의문의 인형탈 3인조가 진홍의 방패를 구했다면서요! 어떤 세 사람일지 궁금해요!"

스스로도 굉장한 연기였다고 로라는 자화자찬했다.

이로써 완전히 넘어갈 수 있다.

"인형탈부대 파자마레인저라고 스스로를 소개한 세 사람은 각자 개, 고양이, 토끼 모습을 하고 있었대. 그리고 안나. 지금 고양이 옷을 입고 있구나."

"이, 이런 우연이."

지적받은 안나가 드물게 당황해서 말했다.

"그리고 거기 침대 위에 개랑 토끼 옷도 굴러다니고."

"우, 우연은 거듭되는 거네요!"

로라가 식은땀을 흘렸다. 그러나 아직 넘어갈 수 있을 것이다. 머리를 쥐어짜내라.

"앞으로를 위해서 묻고 싶은데 두 사람 다 진심으로 들키지 않을 거라고 생각했어? 아니, 숨길 마음은 있어…?"

에밀리아가 한숨을 섞어 말했다.

"무, 무슨 말씀인지 모르겠어요…… 에밀리아 선생님은 뭘 의심하시는데요……?"

"전혀 모르겠어."

"두 사람 다 눈빛이 흔들려. 날 똑바로 봐!"

에밀리아의 말투가 거칠어졌다.

로라와 안나가 움찔했다. 어쩌면 처음부터 들킨 걸까?

굉장한 추리력이다. A랭크 모험가라는 타이틀은 그냥 얻은 게 아니다. 로라는 온 몸이 떨렸다.

"D랭크보다 강한 몬스터와 싸우면 안 된다는 교칙이 있다는 건 알고 있겠지?"

"네……."

"리바이어던의 랭크는?"

"B플러스요……."

로라가 고개를 숙이고 체념한 채 묻는 대로 대답했다.

안나도 온 얼굴이 땀범벅이 되었다.

"하아아…… 뭐 너희가 달려가지 않았다면 진홍의 방패는 전멸했을 거고, 리바이어던과 싸울 수 있을 만큼의 힘이 있다는 것도 알아. 하지만 조금은 숨기는 노력을 해줘. 교사로서는 이렇게 대놓고 교칙 위반을 하면 도저히 그냥 넘어갈 수 없어. 이번에는 인형 옷이 귀여워서 넘어가주겠지만 다음부터는 들키지 않게 해줘. 정말 부탁할게."

에밀리아는 애원하듯 말한 뒤 두 사람의 머리를 쓰다듬고 방을 나갔다.

쾅, 하고 문이 닫히자 로라와 안나는 크게 한숨을 내뱉었다.

"혼나버렸네요."

"응. 혼났어."

"다음부턴 들키지 않게 하라고 하셨어요."

"다시 말해, 목격자의 입을 막아라?"

"히이익…… 에밀리아 선생님은 무서운 사람이에요!"

"후덜덜."

로라와 안나는 부둥켜안고 떨었다.

모험가로 가는 길은 험난했다.

 제6장　　　　교내 토너먼트예요

　이 팔레온 왕국에 사는 모험가들 중에서 가자드 가문의 이름을 모르는 자는 없었다.

　대대로 「우수」한 마법사를 배출해낸 전통 있는 가문이다.

　그러나 불과 백수십 년 전까지 가자드는 「최강」 마법사의 대명사였다.

　그랬던 것이 한 『대현자』 탓에 정점에서 내려왔다.

　대현자 칼로테 길드레아는 인류 역사상 최강의 마법사다.

　거기에 이의를 제기하는 자는 없으며, 이미 도전하려는 자조차 존재하지 않는다.

　그렇다. 누구도 도전하지 않는다.

　그저 우러러볼 뿐이다. 그리도 아무리 목을 쳐들어도 그 전체 모습을 볼 수 없기에 포기하고 만다. 저 사람은 우리와는 상관없다. 서 있는 필드가 다르다며 외면해버린다.

　일찍이 최강이었던 가자드 가문조차 모든 마법사들과 마찬가지로 줄곧 칼로테 길드레아를 피해왔다.

　샬롯은 옛날부터 그것이 참기 힘들었다.

위대한 선조들의 이야기는 부모에게서 수도 없이 들었다.

마법의 새로운 이론을 몇 개나 수립하고 고대 유적을 발견하고 왕에게까지 조언을 하고 전쟁 때는 비장의 카드가 되었다.

그런 선조의 일화를 자랑스레 말하면서도 현재를 부끄러워하지 않는다.

선조가 위대해? 그래서?

대현자를 꺾지 못하고 있는 게 부끄럽지도 않은가.

부모도 형제도 할아버지도 할머니도, 가자드라고 할 자격이 없다.

과거의 위광은 스스로 되찾을 것이다.

대현자 칼로테 길드레아를 꺾을 것이다.

그런 진부하고 유치한, 어릴 적에나 품을 법한 꿈을 안고 샬롯은 노력을 거듭했다.

자신의 재능이 가자드 가문 안에서도 뛰어나다는 것은 일찍이 깨달았다.

할 수 있다. 도달할 수 있다. 대현자를 쓰러뜨릴 수 있다.

그렇게 믿고 의심 없이 길드레아 모험가 학교에 입학해…… 진짜 천재를 만났다.

자신이 평범한 인간이라는 것을 깨달았다.

천재는 인간과는 다른 생물이다.

로라 에드몬즈. 그 아이를 이기지 못하면 대현자는 꿈이나 마찬가지다.

"좋아. 상대가 괴물이라면 나도 인간이길 포기하면 돼. 그뿐인 얘기야."

어느샌가 가자드 가문 따위는 아무래도 좋은 것이 되고 샬롯 개인으로서 로라를 쫓고 있었다.

그 아이를 이기고 싶다. 친구이기에 더욱 지고 싶지 않다.

그렇게 생각하고 바랐다. 그리고 마침내, 입학한 지가 엊그제 같은데 이미 학기 말 교내 토너먼트가 보름 앞으로 다가와 있었다.

지금이 적기였다. 학교에 갈 때가 아니었다. 지금부터 샬롯은 인간이길 포기하고 괴물이 되기로 했다.

"이곳이 가자드 가문의 수행장인 아비스의 문……."

깊은 산중에 외따로 위치한 동굴.

그 입구는 철문으로 굳게 닫혀 있었다.

이 안에는 일찍이 가자드 가문이 부렸던 영수가 살고 있었다.

침입자를 발견하는 대로 죽이지도 살리지도 말고 괴롭히라는 명령을 받고, 가자드 가문의 사람이 수행하러 오기를 기다리고 있다.

그러나 이미 백 년 넘게 사용되지 않았다고 한다.

열쇠는 집에서 훔쳐왔다.

잠도 자지 않고 쉬지도 않고 계속 움직일 수 있는 비약도 챙겨

왔다.

'한 알이면 사흘은 쉬지 않고 움직일 수 있을 거야……'

문을 열기 전에 샬롯은 검은 환약을 삼켰다.

그 순간, 심장이 쿵 뛰었다. 뼛속부터 뜨거워졌다.

어쩐지 시각도 묘하게 예민해진 기분이 들었다.

"이 즉효성…… 분명 위험한 약이야…… 이렇지 않으면 도움이 안 돼."

목적 달성을 위해서는 수단을 가리지 않기로 했다.

망설이지 않는다.

그럼 이번엔 문을 열자.

백 년간 누구도 발을 들인 적 없는 동굴.

샬롯은 그것을 봉인한 자물쇠에 열쇠를 찔러 넣었다.

딸깍—.

결국 자물쇠를 풀고 말았다. 그러자 힘을 주지 않았는데도 저절로 문이 열렸다.

그리고 안으로 퍼진 어둠속에서 검은 팔이 뻗어 나왔다.

몇 개나. 몇 개나.

"뭐, 뭐지?!"

그 팔들은 샬롯의 몸을 휘감더니 믿기 힘든 힘으로 꽉 틀어쥐고 동굴 안으로 잡아당겼다.

뼈가 삐걱거렸다. 살이 찢어졌다.

"크윽……!"

샬롯은 이미 만신창이였다.

격렬한 통증 탓에 회복 마법을 쓸 겨를도 없었다.

그런데도 상처가 아물어갔다.

무섭게도 이 검은 팔은 샬롯을 파괴하는 동시에 회복시켰다.

살리지도 죽이지도 않고 괴롭혀라. 그것이 선조의 명령이었다.

과연 충실하다.

"도전할 때야……! 이 시련을 넘기면 난 반드시 로라를……."

기절할 것 같은 통증을 견디며 이를 악 물고 눈을 부릅떴다.

붉은 눈동자가 어둠속에서 번뜩였다.

한둘이 아니었다. 수십…… 아니 백 개는 넘을 것이다.

그리고 이 세상 것이라고는 생각할 수 없는 낮은 목소리가 울려
퍼진 순간, 샬롯의 몸은ㅡ.

※

"에밀리아 선생님. 아직 샬롯이 어디에 갔는지 모르세요?"

아침. 수업이 시작되기 전. 로라는 교무실에 들러 에밀리아를

붙잡고 몇 번째인지 모를 질문을 던졌다.

그리고 에밀리아는 똑같은 대답을 되풀이했다.

"몰라. 부모님도 걱정하시고 있지만…… 경비병에게 수색 신청서도 냈고 우리도 최대한 찾고 있으니까 로라는 수업에 집중하도록 해."

"네……."

기숙사 방에 놓인 편지에는 짧게 『수행을 다녀올게요. 찾지 마세요.』라고 적혀 있었다.

처음에는 샬롯답다며 웃어넘겼지만 사흘이나 돌아오지 않자 역시 걱정되기 시작했다.

이제 곧 여름방학이다. 그 전에 교내 토너먼트가 열린다.

교내 토너먼트는 학년별로 시행되는 시합으로, 학생들이 얼마나 성장했는지를 알아보기 위해서 열린다. 하지만 각 학년은 80명 정도다. 제대로 토너먼트를 하면 며칠이 걸릴지 모른다. 그래서 조를 편성해 배틀 로열을 한다.

배틀 로열에서 이긴 자만이 본 경기인 토너먼트에 진출할 수 있었다.

검사는 진검을 사용하고 마법학과 학생도 진심으로 마법을 쏜다. 따라서 부상자가 생기는 것을 전제로, 교사가 언제라도 회복 마법을 쓸 수 있도록 대기한다.

또한 사망자가 발생할 것으로 판단되면 그 즉시 시합은 중단되고 승패는 판정으로 갈린다.

길드레아 모험가 학교가 창립된 이래로 약 반세기가 흘렀지만 지금까지 교내 토너먼트에서 사망자가 나온 적은 없었다.

분명 올해도 괜찮을 것이다.

실력 있는 학생들은 교내 토너먼트를 기대하고 있었다. 그것은 로라와 안나도 마찬가지였다.

샬롯의 성격으로 볼 때 교내 토너먼트에 대비해 산중에 틀어박혀 수행이라도 하는 것이리라. 그러니 그렇게까지 심각하게 걱정할 것도 아닐 텐데…… 역시 걱정됐다.

자신이나 안나도 어지간하지만 샬롯의 무모함은 심상치 않다.

기절할 때까지 수행해서 에밀리아에게 업혀 방으로 돌아온 적도 종종 있었다.

그런 샬롯을 혼자 둬도 되는 걸까?

'하지만 샬롯은 나보다 한참 어른이니 잘 하고…… 있겠지?'

신경이 쓰여서 수업에 집중할 수가 없었다.

덕분에 에밀리아에게 꿀밤을 맞고 반 친구들의 웃음거리가 됐다.

※

방과 후.

로라는 평소처럼 훈련장에서 안나와 검을 겨루며 투덜거렸다.

"그래…… 아직 샬롯이 돌아오지 않았구나."

"네…… 너무 걱정돼요…… 뭐, 교내 토너먼트 전까지는 돌아오겠지만요."

이렇게 잡담을 나누고 있는 한은 진심으로 겨루는 것이 아니다.

그러나 두 사람 다 1학년 수준의 움직임이 아니었다.

1학년은커녕 3학년 중에서도 두 사람의 움직임을 따라잡을 수 있는 사람은 드물다. 아니, 아예 없을지도 모른다.

안나의 근력 강화 마법은 처음 익혔을 때와 비교하면 상당히 발전했다.

처음과 비교해서 두 배 넘게 강화됐다.

또 최근에는 방어 마법도 실용 수준에 달해 곰에게 맞는 정도로는 찰과상도 입지 않았다.

지금의 안나와 싸우려면 제아무리 로라라도 근력 강화 마법을 쓸 수밖에 없다.

다만 전력으로 쓰면 승부가 성립하지 않기에 안나와 동등한 세기로 억제해서 썼다.

그래서 로라는 검 수행과 마력 제어 수행을 동시에 할 수 있었다.

"그런데 로라. 제안이 있어."

"잉? 뭔데요?"

"장소를 바꾸지 않을래? 여긴 좁아서 마음껏 검을 휘두를 수 없어."

"……아, 그렇군요."

이 훈련장은 누구나 자유롭게 사용할 수 있다.

따라서 로라와 안나 말고도 수십 명의 학생들이 있었다.

원래는 그럼에도 여유롭게 훈련할 수 있는 넓이지만 근력 강화 마법을 사용한 로라와 안나는 학생 수준이 아니었다.

만약 두 사람이 진심으로 붙으면 주변에 있던 학생들을 끌어들여 대량 살인 현장이 되고 만다.

"다시 말해, 진심으로 하고 싶은 거군요?"

"응. 교내 토너먼트. 로라는 힘들더라도 적어도 샬롯은 이기고 싶거든."

꿩 대신 닭 취급을 당한 샬롯이 여기 있었다면 분명 화를 냈을 것이다.

"알았어요. 그럼 운동장으로 가요. 토너먼트 때문에 부 활동도 쉴 테니까 텅텅 비었을 거예요!"

"과연. 날카로워."

로라와 안나는 검을 들고 운동장을 향해 경쾌히 달려 나갔다.

지금부터 하려는 일과 관련하여 뭔가 중대한 규칙이 있었던 것도 같지만…… 나중에 생각하자.

"그럼 시작해요. 안나!"

"진심으로 할 테니까 각오해."

텅 빈 운동장에서 두 사람이 검을 겨누고 대치했다.

먼저 움직인 것은 안나였다. 로라는 그 엄청난 초속(初速)에 경악했다.

밟은 땅을 도려낼 정도의 다릿심으로 안나가 흙먼지를 일으키며 돌진해왔다.

움직임 자체는 단순하지만 속도가 예상을 훨씬 웃돌았다.

로라는 검의 내구성과 근력을 강화하여 간신히 안나의 일격을 막아냈다.

"지, 지금까지는 전혀 진심으로 한 게 아닌 거예요?!"

"훈련장에서 그랬다가는 사망자가 나오니까. 그래도 로라라면 괜찮을 거라고 믿었어. 그럼 좀 더 속도를 내도 되는 거지?"

"자, 잠시만요! 잠시마아안!"

이대로 싸우면 밀려서 질 게 뻔했다. 하지만 무제한으로 근력을 강화하면 안나를 죽이고 만다.

적당한 수준으로 강화하고 싶지만 조정할 겨를이 없었다.

"하앗!"

안나가 지금까지 본 중에 최고로 강한 공격을 했다. 로라는 간신히 그것을 막아냈다.

검은 무사했다. 뼈에 금이 가지도 않았다.

그러나 버틸 힘이 없었다.

작고 가벼운 아홉 살의 몸은 차인 공처럼 하늘 높이 떠올랐다.

그대로 포물선을 그리며 학교 건물로 돌진했다.

"꺄아아아아아아!"

최악이게도 그곳은 교무실이었다.

'아, 그래도 화장실보다는 낫겠지.'

그런 생각을 하면서, 로라는 교무실 창문을 와장창 박살냈다.

※

마법학과 1학년 담임인 에밀리아 아클랜드는 교무실에서 실종된 샬롯 생각에 잠겨 있었다.

그녀가 기숙사에서 사라진 것은 부모에게 알렸고 경비병들도 수색하고 있었다.

에밀리아가 더 할 수 있는 일은 없었다.

그러나 걱정하고 있는 로라가 딱한 데다 에밀리아도 자기 학생의 소재를 파악하지 못하고 있는 것은 마음이 놓이지 않았다.

'급한 일도 없으니 나도 찾아 나설까.'

그렇게 생각한 그때, 창문 바깥에서 엄청난 소음이 들려왔다.

"어이, 어이. 누가 싸우나?"

"못 살아. 훈련장과 투기장 외에서는 싸우지 말라는 교칙이 있을 텐데."

"교무실 바로 앞에서 배짱도 좋군. 선생을 뭘로 보고."

이 왕립 길드레아 모험가 학교의 교사는 예외 없이 모험가 출신이다.

늘 위험에 몸을 맡겨온 직종인 탓에 일반인에 비해 거친 자들이 많았다.

'특히 전사학과 선생은 뭐랄까…… 이성을 잘 잃는단 말이야.'

교칙을 어긴 학생이 나쁜 게 당연하지만 조금 불쌍했다. 십대 시절의 에밀리아가 저런 험상궂은 남자들에게 둘러싸였다면 울음을 터뜨렸을지도 모른다.

"꺄아아아아아아아아!"

소녀의 비명이 가까워졌다. 그런데 어디선가 들어본 목소리였다.

'아니. 이건 로라의 목소리?!'

와장창 소리와 함께 작은 소녀가 창문을 뚫고 교무실에 들이닥쳤다.

소녀는 책걸상을 밀어 쓰러뜨리고 서류를 쏟고 철로 된 벽장에 처박히고 나서야 멈추었다.

틀림없다. 에밀리아 반의 로라다.

"습격이냐?!"

한 교사가 외쳤다.

포격과 맞먹는 기세로 들이닥친 로라를 적의 습격으로 오인한 그를 나무랄 수는 없었다.

에밀리아도 미리 로라의 목소리라고 인식하지 않았다면 같은 생각을 했으리라.

적어도 창밖에서 싸우던 학생이라고는 생각조차 못했을 것이다.

"마법사는 방어 마법을 전개해! 언제라도 회복 마법을 쓸 수 있도록 준비한다!"

"어디서 온 누구냐! 멍청한 자식. 대현자의 길드레아 모험가 학교를 이 지경으로 만들어놓고도 살아 돌아갈 수 있을 것 같으냐!"

"반죽음이 아니라 완전히 죽인다! 누구를 도발했는지 똑똑히 알려주마!"

모든 교사의 얼굴이 모험가 시절로 돌아가 있었다.

이곳의 교사는 A랭크나 B랭크인 실력자들뿐이다.

그런 자들이 살기를 드러내며 전투태세를 취했다.

이미 어른이 된 에밀리아조차 울 것 같았다.

"저, 저기. 선생님들. 이건 적의 습격이 아니라 그…… 학생이 저지른 일 같아요……."

"앙? 에밀리아 선생. 무슨 소립니까. 아무리 우리 학생이라고 해도 교무실을 습격할 배짱을 가진 녀석은……."

그렇게 말하던 교사가 바닥에 뻗어 있는 로라를 발견했다.

그리고 아, 이 녀석이군, 하는 표정을 지었다.

"에밀리아 선생! 학생 지도는 제대로 해주십시오. 이건 전대미문의 일입니다!"

전사학과 1학년 담임이 설교를 늘어놓았다.

"하지만…… 다른 한 명은 전사학과 학생이에요. 저기."

"어?"

깨진 창문 너머에는 이쪽을 들여다보는 안나가 있었다.

"아, 안나 너 이 녀석. 거기 서어어어어엇!"

"살려줘. 살려줘……."

안나는 전력으로 도망쳤다. 당연했다.

이 교무실은 지나치게 살벌하다. 새끼를 기르는 중인 드래곤의 소굴보다 더 위험하다.

그렇지만 도주에 성공한다 해도 이미 범인인 것을 들켰다.

지금 바로 혼나느냐 나중에 더 많이 혼나느냐의 차이밖에 없었다.

"아야야야……."

로라가 태평한 소리를 내며 일어났다.

자기가 어떤 상황에 놓였는지 모르는 모양이었다.

그러나 교무실에 있던 모든 교사의 눈총을 받고 이내 모든 것을 깨닫고 하얗게 질려갔다.

"아, 그러니까 그게……."

"어이, 로라 에드몬즈. 쬐끄만 게 배짱 한번 좋구나. 엉?"

낭패다. 교사들은 모두 자기가 교육자라는 사실을 잊고 있었다.

동료를 잃은 모험가처럼 변해 있었다.

아무렴 학생을 죽이지는 않겠지만 반죽음 정도는 만들지도 모른다.

그렇게 되면 로라도 저항할 것이다.

왕립 길드레아 모험가 학교의 교사들 VS 로라 에드몬즈.

그렇게 되는 날에는 지도에서 학교가 사라지고 만다.

아니, 최악의 경우에는 왕도의 형태가 바뀐다.

에밀리아가 솔선하여 벌을 줘 어떻게든 이 상황을 극복하려했다.

"로라. 너 무슨 짓이야! 이번만큼은 그냥 못 넘어가!"

"에밀리아 선생님. 용서해주세요. 설마 일이 이렇게 될 줄은 몰랐어요! 아아아아. 아파요. 아파요. 잘못했어요오오!"

이렇게 엉덩이 맞기와 교무실 청소, 그리고 반성문 몇 장으로 겨우 넘어가는 데 성공했다.

그러나 도망갔던 안나의 운명은 어떻게 되는 걸까.

다른 학과라서 에밀리아는 감싸줄 수가 없었다.

최소한 반죽음…… 죽지 않는 선에서 용서받기를 기도했다.


다음 날. 학교에서 목격한 안나의 머리에는 주먹만 한 혹이 달려 있었다.

에밀리아는 이 정도로 끝나서 다행이라며 가슴을 쓸어내렸다.


※


교내 토너먼트는 학년 별로 치러진다.

세 학년 전체가 같은 날에는 할 수 없음으로 사흘에 걸쳐서 일정을 진행했다.

장소는 학교 부지 안에 있는 원형 투기장이었다.

그리고 내일은 드디어 토너먼트 첫날.

1학년 최강을 가리는 날이다.

"자, 주목. 이게 내일 예선 편성표야. 전사학과, 마법학과 모두 뒤섞은 배틀 로열이야. 이기는 요령은 공격보다 방어에 주력할 것. 지지 않도록 열심히 뛰어다니도록."

마법학과 1학년 교실에서 에밀리아가 칠판에 큼직한 종이를 붙였다.

1학년은 두 학과를 합쳐서 82명이다.

그것을 여덟 조로 나눠서 배틀 로열을 한다.

살아남은 여덟 명만이 본선인 토너먼트에 진출할 수 있다.

"……어라? 에밀리아 선생님. 제 이름이 없어요!"

로라가 편성표를 찬찬히 살펴봤지만 어디에도 자기 이름이 없었다.

학생 수도 81명밖에 없었다.

"로라는 시드야. 넌 토너먼트 결승에서만 싸우면 돼."

"네에에에?! 어째서요! 저도 다 같이 싸우고 싶어요!"

"참아주렴. 로라가 평범하게 출전하면 원래는 상위까지 올라갈 수 있는 학생들이 왕창 탈락하게 돼……."

에밀리아가 미안하다는 듯이 말하자 반 애들이 수긍하기 시작했다.

"로라. 참아. 너랑 결승까지 만나지 않는다는 것만으로도 느끼는 안도감이 다르니까."

"그래. 이걸로 우리에게도 기회가 생겼어."

"뭐 결승전까지는 힘들더라도 본선 진출 정도라면 희망이 있으니까."

반 애들은 한마음으로 뭉쳤다.

로라는 낮게 신음했지만 모두의 뜻을 모르는 것은 아니었다.

실제로 로라는 져줄 생각은 조금도 없었다.

"알았어요…… 시드를 할게요. 그런데 샬롯은요? 오늘도 안 왔는데 내일도 안 오면……."

"샬롯은 8조. 그 조의 배틀 로열이 시작할 때까지 오지 않으면 실격이야."

"그럴 수가……."

샬롯이 실종된 지 보름.

소재는 아직 밝혀지지 않았다.

학교 안에서는 사망설까지 나돌았다. 물론 로라는 샬롯이 죽었다고 생각하지 않았다.

내일 있을 토너먼트를 위해서 비밀 훈련을 하고 있는 것뿐이다.

그러나 아무리 훈련해도 대회에 늦으면 소용이 없다.

"괜찮아. 로라. 샬롯은 반드시 올 거야. 그 애만큼 승리에 집착하는 애는 없으니까……."

"……그렇겠죠."

에밀리아는 샬롯을 믿는 듯했다.

로라도 믿었다.

아슬아슬한 시간까지 단련해서 로라가 깜짝 놀랄 정도로 강해져서 나타날 것이다.

그렇지 않으면 용서하지 않을 것이다.

이만큼 걱정을 끼쳐놓고 시간에 늦는 건 샬롯 가자드에게 어울리지 않는다.

입학 첫날 샬롯이 보여준 빛의 공격 마법.

그때야말로 로라가 생애 최초로 마법을 멋있다고 생각한 순간이었다.

그 빛을 다시 한 번, 이번에는 싸움의 무대에서 보고싶었다.

※

길드레아 모험가 학교의 투기장은 그럭저럭 대규모라 객석에 전교생을 앉혀도 꽤 여유가 있다.

그래서 교내 토너먼트 때는 일반에 개방되어 한가한 시민이나 학부형들도 보러 온다.

여기서 좋은 성적을 내면 졸업 후에 유력 파티로부터 스카우트 제의를 받을 수도 있어서 3학년은 필사적이다.

반면 입학한 지 얼마 안 된 1학년들은 단순한 축제 분위기였다.

"우와…… 이렇게나 많이 모이는군요."

링 주변에서 대기하고 있던 로라가 객석을 올려다보며 감탄했다.

"천 명은 되겠어."

안나도 놀란 모습이다.

이렇게 많은 사람들 앞에서 시합을 한다고 생각하니 긴장이 됐다.

그건 그렇고 세상에는 의외로 한가한 사람이 많은 모양이다.

입장은 무료이고 교사들이 방어 결계로 객석을 지키니 위험할 일도 없다.

일반인이 평소에 접할 수 없는 다채로운 검술과 마법이 눈앞에서 펼쳐지니 오락치고는 고급에 속할 것이다.

"그런데 샬롯은 결국 안 온 거야?"

"네…… 8조라서 아직 시간은 있어요……."

아무렴 당일 날 아침에는 돌아오겠지 하고 낙관했었는데 아직까지도 샬롯은 모습을 보이지 않았다.

정말로 어쩔 생각일까.

로라가 뒤숭숭해 있는 사이에 1조의 배틀 로열이 시작됐다.

학생 열 명이 링에 올라 검과 창, 활과 마법으로 마지막 한 명이 남을 때까지 싸운다.

학생들의 실력 차이는 그렇게까지 크지 않았다.

더구나 난전인 탓에 승부의 흐름은 빠르게 변했다.

상당한 시간이 걸릴 것 같았다. 그렇게 로라가 생각한 순간, 단숨에 균형이 무너지고 도끼술사 남자만이 남았다.

마법사가 될 대로 되라는 식으로 쏜 대규모 폭발 마법에 다른 학생들은 날아갔지만, 그 남학생만은 화상은 입었지만 링 위에 서 있었다.

'다들 시간을 들여서 싸워줘……. 샬롯. 빨리 와!'

차라리 변장을 하고 샬롯 대신 출전할까라는 생각까지 했지만 누가 봐도 키가 작아서 포기할 수밖에 없었다.

※

교내 토너먼트 기간 중에 투기장 객석은 누구나 입장할 수 있었다.

그렇다면 자기 자식이 얼마나 성장했는지 보기 위해서 가족이 오는 것은 당연한 흐름이었다.

이날을 위해 왕도 외곽에서 일부러 찾아온 자도 있었다.

도라 에드몬즈도 그중 한 명이었다.

사실은 남편인 브루노도 같이 오고 싶어 했지만 동네 근처에 몬스터가 출몰한 탓에 급히 취소하게 됐다.

울 정도로 아쉬워했지만 어쩔 수 없었다.

남편 몫까지 열심히 딸을 응원하자.

"그런데 로라는 언제 나오려나. 얼마나 강해졌을지 기대돼."

로라는 아버지에게 많은 가르침을 받고 입학했다.

동급생들은 상대가 안 될지도 모른다.

분명 쉽게 우승할 것이다.

그런 딸바보 같은 생각을 하면서 도라는 링 위에서 펼쳐지는 배틀 로열을 지켜봤다.

도라는 딸이 전사학과에서 검을 배우고 있다고 굳게 믿었다.

어쨌든 두 사람의 딸이었다.

압도적인 실력으로 학년 최강이 되어 상급생조차 위협했을 거라고 확신했다.

전체 마법 적성치 9999를 기록하고 마법학과에 들어가 상급생이 아니라 교사를 꺾은 것은 상상 밖에 존재하는 세계였다.

※

"흐에취!"

감기에 걸린 것도 아닌데 로라가 요란한 재채기를 했다.

"뭐야. 그 귀여운 재채기는."

"후…… 누가 내 이야기를 하는 걸까요?"

"로라는 유명인이니까 그럴 수 있어."

"전 주목받는 건 싫은걸요……."

"앗…… 충격적인 사실……!"

안나가 눈을 동그랗게 떴다.

뭐가 충격적인 사실일까.

이래봬도 로라는 자중하면서 하루하루를 보냈다.

"다음은 7조야. 내 차례네. 최대한 시간을 끌게."

"부탁해요. 안나! 애써주세요!"

안나가 엄지를 척 세우며 링 위로 올라갔다.

7조가 끝나면 샬롯의 차례다.

그때까지 나타나지 않으면 즉시 실격이다.

로라는 제발 늦지 않게 와달라고 빌었다.


※


7조는 안나를 포함해서 검사가 세 명, 창술사가 한 명, 도끼술사가 한 명, 마법사가 다섯 명이었다.

이 열 명 중에서 본선에 진출할 수 있는 것은 한 명뿐이다.

그리고 이 중에서 가장 강한 것은 자신이라고 안나는 결론을 내렸다.

1대 1 대결이라면 확실히 자신이 이긴다.

그러나 이것은 배틀 로열이다.

혼전이 되면 무슨 일이 생길지 모른다.

실제로 시작하기 전부터 불온한 낌새가 감돌았다.

웬일인지 모두의 시선이 안나에게 쏠려 있었다.

'이건 혹시…….'

노려지고 있다고 안나는 예감했고, 시합 개시 신호와 동시에 확신했다.

전사학과 네 명이 동시에 안나를 공격했다. 마법학과 다섯 명이 그들에게 강화 마법을 걸었다.

가장 강한 안나를 떨어뜨린 뒤에 다시 겨루기로, 시합 시작 전에 미리 짠 것이 틀림없었다.

그러나 그들은 시선으로 그것을 알려줬다.

그 멍청함에 감사하는 한편 안나는 곧장 달려 정면에 있는 창술사를 덮쳤다.

"무슨!"

배틀 로열에서 모두가 자신의 적이 되는 상황에 안나는 당황한다. 라고 상대는 그렇게 예상했겠지만 아쉽게도 이미 각오는 되어 있었다.

따라서 당황한 것은 오히려 상대였다.

공황 상태에 빠진 창술사의 창을 검으로 튕겨내고 급소를 찔러 장외로 날려버렸다.

이로써 안나는 포위망을 벗어났다.

곧바로 뒤돌아 도끼술사의 머리에 발차기를 날려 한 방에 기절시켰다.

"큭. 역시 안나야! 하지만 아직 7대 1이다!"

두 검사가 안나의 양쪽에서 동시에 달려들었다.

그러나 그 속도는 늘 싸우는 로라의 움직임에 비하면 하품이 나올 정도로 느렸다.

검 하나로 검 두 개를 여유롭게 튕겨냈다.

그러나 한순간 안나가 움직임을 멈췄다.

그때를 노리고 다섯 마법사가 동시에 불꽃 마법을 쐈다.

명백히 두 검사를 말려들게 할 작정이었다.

아무래도 연합 작전은 마법사들 사이에서 무효화된 모양이다.

안나는 불쌍한 검사들의 자세를 다리 후리기로 무너뜨려 자신과 불꽃 마법의 직선상에 두었다.

발사된 불덩이 다섯 개가 링과 검사를 덮쳤다.

홍련의 불기둥이 솟았다.

불덩이가 된 검사들이 비명을 지르며 링 밖으로 달려갔다.

그러자 곧바로 교사들이 물 마법으로 불을 끄고 회복 마법을 걸었다.

그 모습을 곁눈질하며 안나는 지그재그로 마법사들에게 돌진했다.

"빠, 빨라!"

마법사는 그렇게 외치는 것이 고작이었다.

노리기는커녕 눈으로 쫓을 수조차 없었다.

안나는 근력 강화 마법을 최대한으로 사용했다.

양손으로 쥔 대검을 힘껏 휘둘렀다.

칼등으로 마법사 다섯 명 중 네 명을 단숨에 베어 쓰러뜨렸다.

그들은 붕 떠서 객석까지 날아갔다.

그러나 객석 앞에는 교사가 쳐둔 방어 결계가 보이지 않는 벽이 되어 존재했다.

마법사들은 그 보이지 않는 벽에 튕겨 바닥에 떨어졌다.

뼈가 몇 대는 부러졌을 거고 어쩌면 내상을 입었을지도 모른다.

그러나 길드레아 모험가 학교 교사는 우수해서 후유증이 남지 않게끔 회복시켜줄 것이다.

그럼 남은 건 한 명.

'이 녀석의 공격을 피하기만 해서 샬롯이 돌아올 때까지 시간을 벌면 돼……'

그렇게 안나가 생각하는데—

"져, 졌다!"

"엥?"

안나와 1대 1이 된 상대가 하얗게 질려서 스스로 패배를 인정하고 링 아래로 내려갔다.

"승자는 전사학과 안나 아네트!"

장내에 마법으로 울림이 커진 안내 방송이 흘러나왔다.

요란한 환성이 일었다.

관객들이 안나의 싸움을 칭찬했다.

"이럴 계획이 아니었는데……."

시합을 오래 끌겠다고 로라와 약속했는데.

상대가 생각보다 근성이 없어서 순식간에 끝나고 말았다.

안나는 면목이 없어서 고개를 숙인 채 링을 내려왔다.

그러나 로라는 웃으며 와락 안겼다.

"안나. 굉장해요! 9대 1 상황에 놓이고도 역전을 하다니!"

"처, 천만에…… 하지만 아직 샬롯이……."

유감스럽게도 시합 시간을 연장시킬 만큼의 여유는 없었다.

이제 미룰 수 있는 시간은 없었다.

그런데도 그 돌돌 말린 금발 머리 아가씨의 모습은 어디에도 보이지 않았다.

"유감이에요……."

로라가 자기 일인 것처럼 중얼거렸다.

8조 학생들을 부르는 방송이 흘러나왔다.

기다렸다는 표정으로 학생들이 링 위로 올라갔다.

8조는 열한 명이었다.

그러나 열 명뿐이다.

"샬롯 학생. 샬롯 가자드 학생. 10초 안에 링 위에 오르지 않으면 실격입니다."

자비 없는 방송이 시작됐다. 지금 이곳에 없는 사람이 10초 만에 링 위에 오를 수 있을 리가 없었다.

"삼, 이, 일……."

실격이 확정되는 순간.

"오래 기다리셨습니다!"

공중에서 사람이 내려왔다.

금발을 휘날리며 돌풍을 일으켜 투기장에 있는 모든 이를 아연실색하게 하면서 마지막 한 명이 링 중앙에 사뿐히 내려앉았다.

'날아왔어……?'

그렇게밖에 생각할 수 없다.

그러나 비행 마법은 특수 마법 중에서도 고등 기술이다. 그 정도는 전사학과인 안나도 알았다.

그야말로 길드레아 학교 교사가 될 정도의 수준인 마법사가 아니고서는 사용할 수 없다고 들었다.

"……로라는 지난번에 비행 마법을 썼다가 실패했었는데, 지금은 날 수 있어?"

"아뇨…… 자신 없어요……."

틀림없이 늦었다고 생각한 순간 샬롯은 가장 화려한 방식으로 등장했다.

링 위에서 대담히 웃고 있는 샬롯을 보고 있자니 지금껏 걱정했던 것이 바보처럼 느껴졌다.

배틀 로열이 시작됐다.

물론 샬롯의 압승이었다.

※

8조 전체 예선이 끝나고 패배한 학생은 의무실이나 객석으로 이동했다.

남은 여덟 명과 시드인 로라는 링 근처에 남았다.

"샬롯. 샬롯!"

로라가 보름 만에 재회한 룸메이트를 와락 껴안았다.

"어머. 로라. 기분이 매우 좋아 보이네요."

"그야, 샬롯이 예선에 늦지 않게 왔으니까요! 정말. 지금껏 어디 있었어요? 엄청 걱정했잖아요."

"미안해요. 산 속 동굴 생활을 잠시 하고 왔어요."

"샬롯다워요!"

그런 걸 거라고는 생각했지만 본인 입으로 들으니 새삼 질리고 만다.

분명 밥 먹는 시간과 잠자는 시간 말고는 수행만 했을 것이 틀림없다.

"샬롯. 예선 통과 축하해."

"안나. 고마워요. 그럼 방금 끝난 게 예선이었군요. 도착했더니 갑자기 싸움이 시작돼서 뭔가 했어요."

샬롯의 말에 로라와 안나가 얼굴을 마주 봤다.

그렇다. 샬롯은 지금까지 없었기에 편성표는커녕 예선 규칙조차 몰랐다.

"샬롯! 적어도 전날에는 돌아왔어야죠. 1초만 더 늦었어도 실격 될 뻔했다구요!"

"아, 그런 거였어요?!"

로라와 안나가 오늘 대회의 규칙을 간단히 설명했다.

"그렇군요…… 그러니까, 남은 여덟 명이 토너먼트를 해서 이긴 한 명만이 로라와 싸울 수 있다. 간단해서 좋네요."

"말해두지만 결승전에서 로라와 싸우는 건 나야."

안나가 눈을 가늘게 뜨고 샬롯을 노려봤다.

결코 사이가 나쁘지 않은 두 사람이지만 싸움에 한해서는 둘 다 양보가 없었다.

실제 싸움이 시작되기 전부터 신경전이 시작됐다.

로라는 조마조마한 마음으로 지켜봤다.

그러나 뜻밖이게도 샬롯은 안나의 도발에 응하지 않고 평온한 미소를 건넸다.

그 모습에서 상당한 여유가 느껴졌다.

"흐."

안나가 낮게 신음하며 반걸음 뒤로 물러났다.

"미안하지만 안나. 지금의 난 로라를 쓰러뜨리는 것만 생각하고 있어요. 이건 자만일까요?"

샬롯의 시선이 로라를 향했다.

오싹 소름이 돋았다.

샬롯은 분명 샬롯 가자드인데 어쩐지 다른 생물처럼 느껴졌다.

"······샬롯. 대체 어떤 훈련을 하고 온 거예요?"

"그건 비밀이에요. 하지만 지난 보름간, 스스로도 노력했다고 자부해요."

노력했다는 말은 아무리 생각해도 지나친 겸손일 것이다.

상상을 뛰어넘는 수행을 한 것이 틀림없다.

그렇지 않다면 보름 만에 이 정도로 분위기 자체가 바뀌지는 않는다.

"기대돼요. 하지만 안나도 강해졌어요."

"그렇겠죠. 하지만 이기는 건 나예요."

허세도 아니고 위압도 아니다.

당연한 것을 당연하게. 그렇다. 날씨 이야기를 하는 것처럼 샬롯이 말했다.

"……길고 짧은 건 재봐야 알아."

안나가 쥐어짜듯 중얼거렸다. 그러나 옆에서 보는 것만으로도 그 차이는 분명했다.

이전에는 이 정도로 차이가 나지는 않았다.

안나에게는 미안하지만 오늘의 토너먼트에 난전은 없다.

당연히 샬롯이 이겨서 로라와 붙는다.

그래야만 한다.

샬롯이 로라를 쓰러뜨리는 것만을 생각하는 것처럼 로라 역시 샬롯을 물리치는 일만을 생각하게 됐다.

※

로라 에드몬즈는 결승에만 참가하는 극단적인 시드다.

그래서 원래는 2회여야 할 준결승은 단 한 번만 치러졌다.

안나는 준결승까지 올랐다. 다음 상대는 당연히 샬롯이었다.

두 사람 다 상대를 몇 초 만에 쓰러뜨리고 왔기 때문에 토너먼트는 놀랄 만큼 빠르게 진행됐다.

그리고 두 사람 모두 전혀 진짜 실력을 내보이지 않았다.

특히 샬롯은 빛의 화살을 쏘거나 돌풍으로 상대를 경기장 밖으로 밀어내는 등 기본적인 마법만으로 싸웠다.

그러나 산중에 틀어박히면서까지 익힌 기술이 그런 단순한 것일 리가 없다.

애당초 투기장에 나타났을 때 하늘을 날았다.

시합 때 그 기술에 당하면 손도 발도 쓸 수 없이 당하고 말 것이다.

"생각해보니 안나와 싸우는 건 처음이네요."

링 위에서 마주한 샬롯은 변함없이 여유로운 미소를 짓고 있었다.

안나는 적어도 그 웃음만은 지워주고 싶다고 생각했다.

"그건 샬롯이 늘 혼자서 훈련하니까."

"듣고 보니 그러네요. 그럼 좋은 기회이니 일류 검사의 실력을 보여주세요. 오늘 싸운 다른 검사들은 너무 물렀어요."

"난 너무 딱딱해서 이가 부러질지도 몰라."

"어머, 그거 기대되네요."

시합 시작을 알리는 북 소리가 울려 퍼졌다.

안나는 샬롯이 어떻게 나올지를 기다리지 않았다.

애당초 전사가 마법사를 상대로 거리를 두는 것은 불리하다.

그 신체 능력을 믿고 거리를 좁혀 공격을 퍼부음으로써 마법을 쏠 틈을 주지 않는 것.

그것이 마법사를 상대하는 기본이라고 수업에서도 배웠다.

그러나 지금의 샬롯에게는 통하지 않았다.

"의외로 빠르네요. 놀랐어요. 원래는 카운터를 날려서 순식간에 끝낼 생각이었지만요."

맨손으로 검을 막았다. 그것도 한 손으로.

분명 방어 마법으로 손바닥을 감싸고 근력 강화 마법으로 참격의 무게를 견딘 것이다.

그러나 두 가지 마법을 쓰려면 집중력이 필요하다.

안나는 시합 시작과 동시에 돌진했다.

집중할 여유 따위는 주지 않았다. 아니, 오히려 검의 궤도를 끝까지 확인한 것이 충격이다.

지금까지 교사와 로라를 제외하고는 누구도 그러지 못했다.

"안나. 한창 싸울 때 딴생각을 하면 안 되죠?"

"어?!"

샬롯이 자유로운 한 손을 이쪽의 배에 붙였다.

안나는 반사적으로 빈약한 마력을 근력 강화 마법에서 방어 마법으로 교체해 배를 지켰다.

그것을 기다렸다는 듯이 폭발했다.

내장이 뒤집힐 것 같은 충격을 받고 뒤로 날아갔다.

사방을 분간할 수 없는 상황 속에서도 안나는 간신히 검을 놓치지 않았다.

그리고 바닥 — 으로 짐작되는 방향 — 에 칼날을 꽂아 세우고 가까스로 멈췄다.

다리가 닿자 그곳은 링의 구석이었다.

불과 몇 걸음 뒤는 장외. 아슬아슬하게 살았다며 식은땀을 흘렸다.

그러나 아무래도 그렇게 말하기는 어려운 듯하다.

목구멍 안에서 뜨거운 것이 치밀어 올랐다.

그 자리에 주저앉아 왈칵 피를 토했다.

"역시 안나. 이번 걸로 링 아웃이라고 생각했는데 정말 강하군요. 어떡할래요? 계속할까요?"

샬롯은 시합이 시작된 이후로 한 발짝도 움직이지 않고 안나를 압도했다.

이로써 실력 차이는 뼈저리게 깨달았다.

그러나 아직 팔다리는 움직일 수 있었다.

승부는 끝날 때까지는 알 수 없다.

"……한 가지 질문할게. 넌 투기장에 올 때 하늘을 날아왔어. 그런데 시합 중에는 왜 날지 않지? 얕보는 거야?"

"네. 얕보는 거예요. 그야 날지 않아도 이길 수 있으니까요."

까무러칠 만큼 솔직한 대답이 돌아왔다.

무엇보다 샬롯에게는 이쪽을 무시할 자격이 있다. 그만한 실력이 있다.

그 자신감을 기회로 삼을 수 있다면 어쩌면—.

"아, 하지만 이 이상 시합을 오래 끌진 말아주세요. 난 로라와 싸워야 하니까요. 이제 공격 강도를 높일게요. 안나는 그래도 계속할 의지를 꺾지 않을 건가요? 계속하겠다면 몇 초 만 더 상대해드리죠."

샬롯이 웃었다.

조소는커녕 자비에 가까운 미소였다.

그리고 노래했다.

노래하듯이 영창했다.

"벼락의 정령이여. 내 마력을 바친다. 계약대로 모습을 보여라—."

팡, 터지는 소리와 함께 링 위에 푸르스름한 빛이 스쳤다.

샬롯의 몸에서 번개가 뻗어 나왔다.

그것은 눈부시게 빛나며 투기장 상공에서 인간의 형태로 변해 이쪽을 내려다봤다.

벼락의 정령이다. 객석이 들썩였다. 외부인들 중에는 다리에 힘이 풀린 사람이 있을지도 몰랐다. 바로 크기 때문이었다. 그것은 투기장 전체를 가득 뒤덮을 만한 크기였다.

일찍이 로라가 에밀리아와 싸웠을 때 소환했던 것보다 더 클지도 모른다.

"대답은요?"

최후통첩이라는 듯이 샬롯이 고개를 갸웃하며 물어왔다.

"……졌어."

대전 상대가 자신을 배려하고 있다.

그 사실을 깨닫고 투지가 꺾였다.

처음부터 승부라는 것은 성립하지 않았다.

지난 보름간 샬롯은 무엇을 한 건가.

수행이나 특훈 같은 평범한 방법으로는 이 영역에 도달할 수 없을 터다.

"의아할 건 아무것도 없어요. 안나."

이쪽의 마음을 꿰뚫어본 것처럼 샬롯이 말했다.

"이 샬롯 가자드와 당신들은 노력이라는 단어의 정의가 다를 뿐이에요. 보름 동안 노력했어요. 그래요. 난 노력을 한 거예요. 그것 말곤 아무것도 하지 않았어요. 단지 그것뿐이에요."

※

결승전이다.

원래는 관객의 흥분은 최고조에 달하고 투기장은 환성으로 뒤덮일 터였다.

그러나 준결승에서 샬롯이 너무나 굉장했던 바람에 장내는 쥐죽은 듯 고요했다.

귀가 아플 정도로.

그런 투기장 안에 두 발소리가 울려 퍼졌다.

로라와 샬롯의 발소리다.

두 사람은 링 중앙에 멈춰 서서 서로를 바라봤다.

"샬롯. 먼저 결승 진출을 축하해요."

"고마워요. 이제 드디어 로라와 싸울 수 있게 됐네요."

"네. 아무리 그래도 샬롯은 정말 굉장해요. 여기까지 큰 부상없이 왔어요. 압도적인 실력 차이예요. 안나의 마음을 꺾어놓는 솜씨도 훌륭했어요. 순식간에 승부를 결정짓더군요."

"이기기 위해서는 심리전도 필요해요. 하지만 로라. 로라에게 심리전은 쓰지 않아요. 의미 있다고 생각하지도 않아요. 난 로라와의 정면 승부를 원해요. 하늘을 나는 법은 익혔나요?"

"네. 그럭저럭 문제없을 것 같아요."

그렇게 중얼거린 로라가 살짝 몸을 띄워 보였다.

일전에 비행 마법을 시도했을 때는 힘 조절에 실패해서 천장에 머리를 찧었었다.

그러나 그때 실패한 경험과 샬롯이 날아왔던 모습을 참고해 보완했다.

"좋아요. 그럼 시작해요. 힘을 겨뤄 봐요."

샬롯은 좀이 쑤신 모습이었다.

얼마나 「승리」에 목마른 사람인 걸까 하고 로라는 생각했다.

한 수 아래인 상대에게는 기습도 하고 심리전도 한다. 빨리 이기기 위해서다.

그러나 한 수 위인 상대에게 덤빌 때는 상대가 전력을 기울일 수 있는 상태가 된 후에 싸운다.

이론과는 정반대되는 발상이다.

그러나 샬롯에게 승리는 그런 것이리라.

간절히 바랐던 승리의 순도를 떨어뜨리지 않기 위해 샬롯은 일부러 로라 앞에서 비행 마법을 썼다.

그만큼 로라에게 **이기고 싶은** 것이다.

"저기, 샬롯. 난 샬롯을 친구라고 생각했어요. 매일 밤 같이 자는 것이 즐거웠어요. 하지만 샬롯은 무슨 생각을 하면서 나와 함께 지냈어요?"

싸우기 전에 그것만은 꼭 알고 싶었다.

그러자 샬롯은 정말 뜻밖이라는 듯이 눈을 깜빡이며 『뻔하잖아요?』라며 웃어 보였다.

"로라는 소중한 친구예요. 난 로라를 좋아해요. 그리고 동시에 쓰러뜨려야 할 라이벌이죠. 거기에 무슨 모순이 있을까요?"

"그렇군요…… 안심했어요. 샬롯이 너무 강해져서 어쩌면 날 싫어하나 생각했어요."

정말로.

샬롯은 강해졌다. 로라가 두려움을 느낄 정도로.

백 배 가까운 적성치를 채우는 노력은 인간이 할 짓이 아니다.

그렇지만.

샬롯의 목소리는 너무나도 평온한 동시에.

빈틈이 없다. 순수하게 싸워서 이기고 싶은 것일 뿐임을 비로소 깨달았다.

"내가 로라를 싫어하게 된다면 그건."

적당히 싸웠을 때. 일부러 졌을 때다.

"알아요. 나도 모험가의 딸이에요. 적당히 하는 건 없어요. 샬롯의 보름을 헛되이 만들진 않아요. 최선을 다해 싸울 거예요. 승자는 반드시 내가 될 거예요."

"아뇨. 승자는 나예요!"

담당 교사는 시합 시작 신호를 잊고 있었다.

로라와 샬롯도 그런 것을 신경 쓰지 않았다.

시작하는 것은 두 사람의 의지다.

"그럼."

"정정당당하게."


""승부!""


일단은 연습.

손바닥에 마력을 모아서 쏠 뿐인 빛의 화살이다.

서로 같은 기술을 써서 충돌시켰다.

순간, 반세기라는 세월 동안 학생들의 피와 땀을 흡수해온 투기장의 링이 이 땅에서 완전히 사라졌다.

따라서 링 아웃이라는 허무한 결말도 자연히 사라졌다.

흙먼지가 피어오르고 사방에 튄 링의 파편이 객석을 감싼 방어 결계에 튕겨 날아갔다.

진즉에 투기장을 뛰쳐나간 관객도 제법 있었다.

그러나 당연히 로라도 샬롯도 아랑곳하지 않았다.

애당초 상대밖에 보이지 않았다.

불꽃, 물, 벼락, 바람, 빛.

선언한 대로 부딪치고 방어했다.

로라는 마력을 조절하지 않았다.

그런데도 샬롯은 두 다리로 서 있었다.

그 사실에 감사했다.

입학하고 처음으로 「적」을 만났다. 고마웠다. 여기까지 용케 단련해줬다.

그 투쟁심이 더없는 기쁨을 주었다.

모든 것이 자신<sup>로라</sup>을 쓰러뜨리기 위한 수행이었다.

샬롯 가자드라는 호적수가 한 학년에 있었던 행운을 하늘에 감사했다.

'좋아해요. 당신은 정말 멋져요.'

그러므로 온몸과 마음을 다해 한 치의 자비 없이 철저히 이길 것이다.

그것이 샬롯의 바람이다.

전력을 다해 이기려는 로라를 정면으로 쓰러뜨리는 것이 목적이다.

"나의 전력— 그러니까 검도 쓸게요. 괜찮겠죠!"

"네, 물론이에요! 로라의 전부를 보여주세요!"

검을 뽑아 검신을 강화했다.

강화, 강화, 강화. 오직 강화.

전설의 초금속 오리할콘과 겨뤄도 이긴다고 자부할 수 있는 영역까지 강화해 샬롯을 내리쳤다.

물론 로라의 움직임은 초음속이며 검은 그보다 빠르다.

발생한 충격파만으로도 수십 명은 간단히 죽일 수 있을 듯하다.

그런 충격에 맞서 샬롯이 손바닥을 겹쳤다.

"설마 이런 게 나에게 닿기라도 한다는 건가요?"

샬롯의 마력이 고온을 일으키며 로라의 검을 흐물흐물하게 녹였다.

충격이었다. 설마 강화한 검이 파괴될 줄은 몰랐다.

그러나 충격을 막는 것까지는 예측했다.

따라서 다음 공격이다.

투기장 상공에 거대한 벼락의 정령을 소환—

샬롯을 밟아 뭉개도록 명령했다.

"그렇게 나오는군요— 그렇다면!"

땅이 솟구쳤다.

링의 파편과 흙이 뒤섞여 거인의 모습을 이루어갔다.

샬롯이 투기장 바닥으로 거대한 형상을 만들어 흙의 정령을 빙의시킨 것이다.

흙의 정령이 거대한 팔을 쳐들었다.

노리는 것은 물론 벼락의 정령이다.

흙이 대지의 역할을 다해 벼락으로부터 샬롯을 보호했다.

그러나 초고열에 노출된 흙의 일부가 유리로 변했다.

그대로 두 정령이 격렬히 싸운 결과 번개는 대기 중에 흩어지고 흙은 유리로 변해 부서졌다.

정령이 싸우는 사이에도 로라와 샬롯은 여전히 마력을 충돌시키고 있었다.

"단 보름 만에 어떻게 하면 이렇게 강해질 수 있는 거죠? 앞으로를 위해서라도 알려주세요."

"그러니까, 단지 노력한 것뿐이에요."

"단지 노력한 것**뿐**…… 그럼 잠은요?"

"안 잤어요."

"밥은요?"

"산에 들어가기 전과 오늘 여기 오기 전에 한 번씩."

제정신이 아니다.

완전히 인간이 할 짓이 아니다.

"로라를…… 적성치 9999를 따라잡는다는 건 그런 거예요. 난 따라잡았나요? 대등해졌나요? 전진했나요? 난 아직 로라를 모르겠어요. 진짜 실력을, 진짜 실력을 보여주세요!"

"이미 그러고 있어요. 샬롯. 하지만, 그래요. 샬롯과 함께라면 난 더 멀리 갈 수 있을 것 같아요. 이런 좁은 곳 말고…… 일단 날아볼까요!"

무대는 투기장을 벗어나 왕도 상공으로 옮겨졌다.

이미 길드레아 모험가 학교의 행사도 무엇도 아니었다.

친구니까 결전이다.

진심으로 누구도 신경 쓰지 않고 즐기기 위해서.

하늘 높이 둘만의 세계로─.

※

"말할 것도 없이 중지시켜야겠죠."

이미 사라진 링. 도망친 관객과 학생.

싸우던 두 사람도 하늘을 날고 있었다.

교내 토너먼트는 이미 그 형식을 잃었다.

그러므로 링이 있었던 자리에 모인 교사들은 만장일치로 『중지』
판단을 내렸다.

그것은 곧 교사들이 도당을 짜서 로라와 샬롯의 결전에 난입해
우격다짐으로 말리는 것.

그 방법뿐이다.

이미 교사 한 두 명으로는 그녀들을 이길 수 없다.

'로라뿐만 아니라 샬롯에게도 추월당했어.'

에밀리아는 하늘을 올려다보며 입술을 깨물었다.

시선 끝에서는 수없이 많은 폭발이 이어지고 있었다.

두 소녀의 마력이 충돌해 왕도 전체의 대기를 뒤흔들었다.

차라리 혼자서 하늘로 뛰어들어 그 틈에 섞이고 싶었다.

하지만 자신에게는 그런 실력이 없다.

뭘 어떻게 해야 도달할 수 있는지도 모른다.

이 이상 학생에게 추월당할 수는―.

"꼴사나운 짓은 그만해."

당찬 여성의 목소리가 바람처럼 흘러왔다.

그것만으로 길드레아 모험가 학교 교사 모두가 자세를 바로 했다.

목소리의 주인공은 은백색 머리칼을 휘날리는 여성.

「아름다운 대현자」라는 별칭을 가진 인류 역사상 최강의 마법
사이자 이 학교의 학장 칼로테 길드레아였다.

"귀여운 학생들이 열심히 노력해서 강해진 걸 충분히 발휘하는
데 교사가 합세해서 방해를 해? 어째서? 약자의 재능을 키운다
는 이 학교의 이념은 어디로 사라졌지?"

"하지만 학장님! 이대로라면 왕도 자체가!"

에밀리아가 항의했다.

지극히 당연한 주장이리라.

오히려 대현자가 무슨 말을 하는지 알 수 없었다.

교사들은 대현자에게 따지려 들었다.

그때. 대현자를 제외한 모든 이의 얼굴에 긴장이 아닌 공포가

스쳤다.

다리가 움직이지 않았다.

근력 강화 마법을 걸어 온힘을 다해도 꿈쩍도 하지 않았다.

"당신들의 움직임은 내가 막았어. 눈치도 못 챘어? 한심해. 교내 토너먼트가 끝나면 여름방학이지. 교사 전원. 내가 처음부터 다시 단련시켜줄까?"

대현자의 가르침.

그것은 바라 마지않을 행운이지만 지금 문제는 그게 아니다.

"학장님…… 부탁이에요. 이대로 두면 정말로 왕도가 위험해져요."

"왕도는 내 결계에 싸여 있어. 사신이 공격해도 유리 한 장 깰 수 없어."

"그렇다 해도 두 사람이 무사하지 않을 거예요!"

"목 위가 남아 있다면 내가 재생시켜. 자, 이제 의문은 없겠지?"

의문은 얼마든지 있다.

학생에게 시합이 아닌 사투를 하게 해도 되는 것인가.

이런 소동을 일으키고 여왕 폐하에게 뭐라고 변명할 것인가.

이대로는 교사들의 체면이 서지 않는다라든가.

'체면……? 잠깐. 그게 뭐야.'

에밀리아는 자신이 생각에 아연실색했다.

"당신들은 하늘에서 싸우는 두 사람을 질투하는 것뿐이야. 더

는 못 봐주겠지? 하지만 질투할 수 있어서 다행이야. 자기와는 상
관없는 세계라며 강자에게서 눈을 돌리는 겁쟁이가 이 안에 없어
서 나도 안심했어. 당신들은 아직 강해질 수 있어. 축하해."

대현자가 하늘을 향해 선언했다.

"로라, 샬롯. 왕도에 미칠 피해는 신경 쓰지 마. 부상도 머리가
남아 있으면 괜찮아. 내가 다 해결할게. 그러니까 실컷 해. 대현
자 칼로테 길드레아의 이름으로 너희의 결전을 허락할게."

이제 대현자에게 의견을 말하는 자는 없었다.

※

로라는 샬롯과 막상막하 이상으로 날아다녔다.

정말이지 분한 재능이다.

이쪽은 몸을 띄우는 것만 해도 사흘이 걸렸다.

오늘 본 것만으로 비행 마법을 성공시키고 점점 능숙해졌다.

이미 샬롯보다 복잡한 움직임을 구사했다.

장기전은 불리하다.

서두르지 않으면 로라는 또 저만치 앞서간다.

하지만 어떻게 승부를 결정짓지?

현재 샬롯은 가까스로 덤비고 있지만 서서히 격차가 벌어져갔다.

로라가 이쪽의 공격을 완벽히 방어하고 있는 것과는 달리 샬롯은 방어 결계에 미세한 구멍이 뚫려 조금씩 소모되어갔다.

치명상은 입지 않았지만 교복도 살도 너덜너덜해졌다.

아주 잠깐이라도 어떻게든 로라의 움직임을 멈추게 한 다음 **그것**만 소환하면 승기는 있다.

그 한순간을 만들어내지 못해서 밀리고 있다.

그렇게 노력했는데 역시 닿지 못하는 걸까.

샬롯은 보름에 걸쳐 아비스의 문에 잠입했다.

그것은 영수가 무리를 이룬 공간. 가자드 가문의 선조가 만들어낸 지옥이었다.

그 안에서 샬롯은 맞고 짓밟히고 불에 타고 먹히고 뭉개지고 녹았다. 그때마다 강제 회복을 당해 불면불휴의 상태로 고통받았다.

영수들은 다채로운 기술을 구사했다.

그것을 보고 훔쳐서 역으로 영수를 쓰러뜨렸다.

무모한 시련이다. 생각해낸 선조는 제정신이 아니었던 것이 틀림없다.

덕분에 영수의 포위망을 뚫는 데 시간이 걸려 예선에 늦을 뻔했다.

다만 그것을 통해 강해졌으니 선조는 틀리지 않았다고 할 수 있다.

문제는 강해졌는데도 로라를 이길 수 없다는 점이다.

샬롯은 절망했지만 한줄기 희망에 기대어 로라와 공격 마법을 다투었다.

그때 여성의 목소리가 들려왔다.

그것은 스스로를 대현자 칼로테 길드레아라고 밝히며 왕도의 안전과 두 사람의 생명을 보장한다고 말했다.

더없이 고마운 제의다.

그러나 샬롯은 그 말을 듣기 전까지는 신경 쓰지 않았다.

왕도도. 그리고 자신의 목숨도.

그저 이기면 된다에 생각이 멈춰 있었다.

오늘 이길 수 있다면 내일 죽어도 좋다고 생각했다.

"이제 그만하지 않을래요? 샬롯."

별안간 공격이 멈췄다.

왕도 상공을 불꽃으로 뒤덮을 정도의 맹공이, 질려버렸다는 듯이 끝났다.

"네?"

그만두지 않겠냐고?

어째서? 아직 둘 다 움직일 수 있는데. 이쪽은 죽을 때까지 계속해도 좋다고 생각했다.

로라에게 샬롯은 그 정도였다는 걸까.

이제 싸울 가치가 없다. 이 이상 계속해도 얻을 게 없다. 시시하다.

그렇게 생각한 걸까.

"이제 아끼는 건 그만해요."

그러나 로라가 이어서 한 말은 예상과는 정반대였다.

"알고 있어요. 뭔가 큰 기술을 노리고 있죠? 샬롯은 얼굴에 드러나기 쉬운 사람이라 다 들켰어요. 잔기술로 응수하는 건 여기까지 하고 진짜로 해요. 다행히 대현자님이 왕도를 지켜 주실 거니까요."

로라는 멈춰 있었다.

공중에 멈춘 채 두 팔을 펼치며 제안했다.

"로라. 내가 큰 기술을 가졌다고 생각하고…… 그걸 막을 작정인가요?"

"네. 피하지 않고 막을 거예요. 샬롯이 어중간하게 지는 걸 원치 않아요. 그 기술을 썼더라면 이길 수 있었다라거나 이렇게 나갔다면 이길 수 있었다라거나 그런 응어리를 남기는 걸 원치 않아요. 그러니까 사양 말고 쓰세요. 괜찮아요. 내가 이길 거니까요."

그렇게 말하는 로라의 눈동자에 자비나 연민은 없었다.

있다면 기대의 빛이었다.

샬롯이 보름 만에 손에 넣은 것이 무엇인지를 빨리 확인하고 싶다는 호기심.

바보구나 하는 생각에 질리고 말았다.

한창 싸우는 중인데도 그만 한숨이 새어나왔다.

누구에게 질린 걸까. 로라에게일까. 스스로에게일까.

아아, 분명 둘 다에게다.

"……알았어요. 이게 전력이에요. 막아보세요. 이기는 건 나예요."

그리고 외었다.

아비스의 깊은 곳에 잠든 영수를 불러들이는 주문을.

"심연에 머무는 짐승이여. 모든 것을 집어삼키는 자여. 내 마력과 피와 살을 바친다. 그러니 나타나라. 달려와서 모조리 사냥해라—."

검은 마법진이 하늘에 펼쳐졌다.

그곳에서 얼굴을 내민 것은 검은 털에 붉은 눈동자를 가진 늑대다.

날카로운 이빨이 샬롯의 오른쪽 어깨에 박혔다.

이빨은 피부와 살을 찢고 급기야 뼈까지 침범했다. 늑대가 샬롯의 오른팔을 힘껏 비틀었다.

"—윽!"

역시 아프다. 눈물이 나왔다.

그러나 검은 늑대는 샬롯의 팔을 맛있게 먹었다.

따라서 계약은 성립했다.

그 사실에 안도하고 명령을 내렸다.

"자, 가라!"

마법진에서 늑대의 전체상이 뛰쳐나왔다.

말과 코끼리보다 큰 그것은 네 다리로 공중을 박차 턱에서 샬롯의 피를 흘리며 로라에게로 질주했다. 걸음마다 공간 자체가 진동했다.

그를 지탱하는 것은 끝없는 탐욕이다.

상대의 마력이 강하면 강할수록 군침이 도는 모양이다.

결코 채워지는 일 없는 굶주림을 채우기 위해 그는 강한 마법사를 발견하는 대로 먹어치웠다.

자신을 먹으려고 달려드는 늑대를 보고, 로라가 온몸을 뒤덮는 방어 결계를 강화했다.

동시에 요격 준비를 했다.

불꽃 탄과 얼음 창과 벼락 검을 형성하여 각각 열 개를 일제히 늑대를 향해 날렸다.

로라와 늑대가 폭발에 휩싸였다. 도처에 방전 현상이 일어났다. 그 모습은 마치 세계의 종말 같다.

대현자가 왕도를 지키고 있지 않았다면 백 단위의 사망자가 나왔을지도 모른다.

폭발의 불길이 채 걷히기 전에 로라의 영창이 들려왔다.

"움막에 사는 짐승이여. 너에게 질주를 허락한다."

돌풍이 불꽃과 연기를 걷어갔다.

그 바람을 일으킨 것은 늑대다.

다만 샬롯이 소환한 개체가 아니다. 그 녀석은 이미 죽었다.

무엇보다 샬롯이 부른 것은 한 마리뿐이다.

그런데 지금 눈앞에 세 마리가 있다.

로라가 또 보기만 하고 익힌 것이다.

가자드 가문의 영수인 늑대를 아비스의 문에서 소환하는 기술을 이 한순간에 터득한 것이다.

"—가라."

세 늑대가 샬롯에게 몸을 부딪쳐왔다.

그것을 막을 마력 따위는 남아 있지 않다.

늑대 한 마리를 소환한 그 순간, 샬롯은 이미 모든 것을 소진한 상태였으므로.

희미해지는 의식 가운데 일찍이 에밀리아가 한 말이 떠올랐다.

기술을 쓰는 순간 모방당한다는 것.

일격 필살을 노려야 한다는 것.

실패하면 몇 배로 되돌아온다는 것.

아아, 모든 것이 그 말대로였다.

알고 있었는데.

아무런 손도 쓸 수 없었다.

그 기술을 썼더라면 이길 수 있었다.

이렇게 나갔더라면 이길 수 있었다.

그런 미련조차 품을 수 없는 완벽한 패배다.

하지만 다음에는 기필코 이길 것이다—.


※


늑대의 3연속 박치기로 샬롯은 왕도 외곽에 펼쳐진 초원으로 날아갔다.

아마 이미 의식은 없을 것이다.

일단 조절은 했고 대현자가 말하기를 목 위가 남아 있다면 괜찮은 모양이다.

그러나 그런 이치와는 관계없이 로라는 샬롯을 뒤쫓았다.

이미 승부는 났다. 그렇다면 빨리 구해야 했다.

로라도 회복 마법을 조금은 쓸 수 있었다.

찢어진 팔을 재생하는 것은 무리더라도 지혈 정도는 가능했다.

"샬롯!"

샬롯은 초원 위에 쓰러져 있었다.

늑대에게 먹힌 오른쪽 팔이 없는 것은 물론이고 다른 팔다리도 이상한 방향으로 꺾여 있었다.

교복은 갈기갈기 찢겨 이미 옷의 기능을 잃었다.

드러난 피부에 생긴 상처의 숫자는 셀 수 없다.

또 단순히 겉모습이 너덜너덜해진 것만이 아니라 뭔가…… 무척 작게 보였다.

물론 한쪽 팔을 잃었으니 물리적으로 작아진 것은 당연하다.

그러나 로라가 느낀 것은 그런 외형에 대한 것이 아니라 오감 밖의 무엇이다.

샬롯의 마력이 명백히 쪼그라든 것이다.

써서 줄어들었다는 인상이 아니다. 절대량 자체가 깎여나간 듯한 느낌이다.

'나와 싸우면서 샬롯의 영체에 무슨 일이……'

로라는 생각에 잠길 뻔했지만 그럴 때가 아니라며 고개를 저었다.

"상처 입은 몸이여. 내 마력을 흡수해 재생해라—."

먼저 겉에 난 상처를 치료해서 피를 멎게 했다.

그러나 찢어진 오른팔 단면과 골절은 그대로다.

어쩌지?

강제로 낫게 할 수도 있지만 뼈는 제대로 붙을까?

팔을 재생시키지 않은 채 상처만 덮어버리면 나중에 귀찮아지지 않을까?

"어쩌지…… 어쩌지……."

마력과 재능이 풍부해도 경험이 압도적으로 부족했다.

그래서 로라는 어떻게 해야 할지 모른 채 잠든 샬롯 앞에서 허둥댈 수밖에 없었다.

"그래! 왕도까지 옮겨가면 대현자님이 치료해주실 거야!"

어째서 처음부터 생각해지 못했는지를 부끄러워하면서 로라는 샬롯을 안아 들려고 했다.

그때 누군가가 부드럽게 어깨를 두드려왔다.

"괜찮아. 그럴 필요 없어."

놀라 돌아보니 은백색의 머리칼이 휘날리고 있었다.

"아…… 양호실에 있던 선생님……!"

"기억해준 거야? 고마워. 샬롯이 꽤 위험한 상태니까 먼저 치료할게."

이름도 모르는 선생님이 샬롯에게 손을 얹었다.

"……"

그 순간, 꺾여 있던 샬롯의 팔다리가 곧게 펴졌다.

그뿐만 아니라 오른쪽 어깻죽지에서 살이 차오르더니 순식간에 새로운 팔이 자라났다.

모든 것이 눈 깜짝할 사이였다.

로라의 눈으로도 어떻게 모방해야 할지 모를 부분이 많다.

특히 팔을 자라게 한 기술은 다시 한 번 보여줬으면 싶을 정도다.

"우…… 여긴…… 어, 로라?"

"샬롯! 정신이 들었군요. 다행이다."

"나, 오른팔을 잃었을 텐데…… 그리고 마력이 원래대로 돌아왔어요. 아비스의 문에 들어갔던 것도, 로라와 싸운 것도 모두 꿈……?"

샬롯이 몸을 일으켜 오른팔을 뚫어져라 응시했다.

"아니. 꿈이 아니야. 내가 재생시켰어. 새 피부라 탱글탱글하지? 뭐, 그 나이 때는 원래 탱글탱글한가."

은발의 선생님이 웅크리고 앉아 샬롯을 보며 웃었다.

"당신이 팔을……? 거짓말. 그런 게 가능한 마술사는 그야말로……."

샬롯이 뺨에 땀을 흘리면서 목소리를 떨었다.

그러나 로라는 영문을 알 수 없었다.

확실히 이 선생님이 쓴 회복 마법 기술은 월등했고 마력 자체도 정상 궤도를 벗어났다.

그렇지만 대현자가 학장으로 있는 학교이니 이 정도 레벨의 교사가 있어도 이상하지—.

"아직 내 소개를 안 했구나. 난 칼로테 길드레아. 아름다운 대현자라는 거창한 이름으로 부르는 사람도 있어. 그리고 너희가

다니는 학교의 학장이기도 하지. 늘 땡땡이치지만."

대현자— 그녀는 그렇게 자신을 소개했다. 그와 동시에 온몸에서 마력의 파동을 뿜어냈다.

그 주변에 있던 작은 새들이 일제히 날아갔다.

로라는 배 안쪽이 드르르 떨리는 것을 느꼈다.

'뭐야 이 사람. 엄청 강하잖아…… 따라잡으려면 몇 년이 걸리는 거야?!'

대현자가 기쁘게 웃었다.

그리고 로라와 샬롯의 머리를 쓰다듬었다.

"좋아. 젊을 때는 그 정도 패기는 있어야지. 너희 같은 학생이 오기를 기다렸어. 그것도 둘이 동기라니. 후후. 기대돼. 반드시 날 뛰어넘어줘."

300년 가까이 살아왔을 터인 대현자지만 그 미소는 보는 대로 젊디젊고 또 장난스러웠다. 그러나 마력만은 대현자라는 이름의 이미지대로다.

로라는 점점 혼란스러워졌다.

"그건 그렇고 샬롯. 마력이 원래대로 돌아온 게 의아한 모양인데 그건 당연해. 그야 넌 오늘 이길 수 있다면 내일 죽어도 좋다는 각오로 싸웠잖아? 그러니까 아비스의 문 같은 비상식적인 곳에서 견딜 수 있었고 오늘 그 정도의 힘을 발휘했어. 하지만 거기까지. 어차피 벼락치기야. 한계를 넘은 네 영체는 싸움이 끝난 순간 공기가 빠진 풍선처럼 오그라든 거야."

"그럴 수가…… 그럼 제 보름은 헛수고였다는 말씀이세요?!"

샬롯의 목소리가 떨렸다. 마음의 고통을 견디듯이 주먹을 움켜쥐었다.

"글쎄. 하지만 오늘 넌 즐거웠잖아? 잠시였다고는 해도 로라와 같은 영역에서 싸우고 하늘을 날고 한쪽 팔을 뜯어 먹히면서도 즐거웠잖아? 통증 따윈 신경 쓰이지 않을 정도로."

"그건…… 네."

샬롯은 수긍했다.

냉정히 따지면 황당한 소리다. 열네 살짜리 소녀가 한쪽 팔을 뜯어 먹히면서도 싸우는 게 즐거웠다니.

그러나 로라는 샬롯의 말이 이상하게 느껴지지 않았다. 아마자기도 팔다리를 잃은 정도로는 싸움을 멈추지 않았을 것이다. 그 싸움은 그 정도로 달콤했다.

"그럼 헛된 게 아니지. 샬롯은 꿈꾸던 영역에 한순간이었지만 설 수 있었어. 그 느낌을 잊지 않고 매일 성실히 노력하면 머지않은 미래에 다시 설 수 있을 거야. 내가 보증해. 하지만 아비스의 문에 가는 건 관둬. 그건 예전의 가자드 가문이 나와 싸우기 위해서 만든 일종의 의식장이야. 오늘의 너처럼 오늘 이길 수 있다면 내일 죽어도 좋다는 각오로 한계를 넘는 마력을 쥐어짜내기 위한 반칙 장치지. 또 들어가면 그때야말로 죽게 될 거야."

"예전의 가자드 가문은 역시 대현자님과 싸웠었나요……?"

샬롯이 숨을 삼키고는 흥분한 모습으로 말했다.

"응. 약 백 년 전까진 꽤 자주 덤벼왔었어. 당연히 내가 다 이겼지만!"

대현자가 어깨를 펴며 말했다.

싸움에서 이긴 것을 자랑하는 아이 같다.

그 모습을 본 샬롯은 어째선지 안도한 것처럼 숨을 내뱉고는 다시 초원에 드러누웠다.

"그렇군요…… 적어도 예전의 가자드 가문은 전해지는 대로 기백이 있었군요. 그걸 들을 수 있어서 기뻐요."

"샬롯은 가자드 가문의 성질을 강하게 이어받았구나. 나와 싸우고 싶어지면 언제든지 도전해. 그럼 난 돌아갈게. 두 사람 다 좋은 시합이었어. 오늘은 푹 쉬도록 해."

대현자가 일어났다.

그때 로라는 눈에 먼지가 들어가 참지 못하고 손으로 비볐다.

시야가 가려진 것은 극히 한순간이다.

그 사이에 대현자는 모습을 감추었다.

"……돌아가버렸네요."

"……네. 마치 꿈이나 환영처럼."

"우리도 돌아갈까요?"

"아니. 조금만 더 쉬게 해주세요."

샬롯은 초원 위에 대자로 누웠다.

그대로 하늘을 바라보며 불쑥 중얼거렸다.

"로라. 우승 축하해요. **오늘은** 내가 졌어요."

"아, 맞다. 우린 학원 토너먼트로 싸웠었죠. 내가 우승…… 고마워요."

"어머. 잊었던 거예요? 그럼 우린 특별한 이유도 없이 싸운 게 된다구요."

"그, 그러게요. 그건 바보 같아요."

교내 토너먼트라는 대의명분 아래 시합을 했다.

여러 가지로 일탈해버린 기분도 들지만 어쨌든 계기는 그것이었다.

결코 싸움을 한 게 아니고, 『누가 강한지를 가리는』 근육 바보 같은 이유 때문도 아니다.

어디까지나 학교 행사다.

"그런데 로라."

"네?"

"또 도전해도 될까요?"

"특별한 이유 없이?"

"네. 특별한 이유 없이."

샬롯이 진지한 얼굴로 물었다. 로라는 거절할 이유가 없었다.

"좋아요. 언제든지 덤벼주세요."

로라도 대자로 드러누워 샬롯과 함께 하늘을 바라보았다.

옆에서 새근새근 잠든 숨소리가 들려왔다. 피곤한 것이리라. 그 것은 당연했다.

로라도 오늘은 너무 힘을 썼다.

눈꺼풀이 무거웠다.

"……빨리 돌아가지 않으면 다들 걱정, 할 것 같은, 데요……."

로라의 의식은 거기서 끊겼다.


※


교사들은 돌아올 생각을 하지 않는 로라와 샬롯을 찾아 왕도 와 그 주변을 돌았다.

물론 에밀리아도 필사적으로 찾았다.

그 정도 싸움을 펼쳤다.

두 사람 다 크게 다친 게 틀림없다.

그렇게 걱정하고 있는데.

마침내 찾은 로라와 샬롯은 초원 위에서 사이좋게 낮잠을 자고 있었다.

 그 잠든 얼굴이 너무나도 귀여워 에밀리아는 화낼 마음조차 들지 않았다.

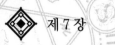 

1학년 토너먼트는 끝났지만 아직 2학년과 3학년이 남아 있었다.

그러나 로라와 샬롯의 싸움으로 링이 사라지고 말았다.

이대로는 시합을 치를 수 없다.

그래서 로라는 흙의 정령을 소환해 링 모양으로 땅을 솟아오르게 했다.

그 덕에 그럭저럭 모든 일정이 예정대로 진행된 모양이다.

대현자가 직접 왕궁에 쳐들어가 『왕도 상공에서 벌어진 싸움은 학교 행사』라고 설명한 것 같았다.

대체 어떤 방법으로 설명했는지는 모르지만 풍문에 의하면 거의 위협에 가까웠다고 한다.

어쨌든 로라도 샬롯도 어떤 책임을 추궁당할 걱정은 없을 듯하다.

"방과 후예요. 샬롯."

"말하지 않아도 알아요. 뭘 까불거리는 거예요?"

"오늘은 오전 수업으로 끝이에요!"

"그러니까 안다구요."

"그러니까 다 같이 몬스터 사냥을 가요! 안나도 불러서!"

"몬스터 사냥…… 훈련이 돼서 좋지만……."

그렇게 되어 로라는 샬롯을 끌고, 전사학과에서 안나를 납치해 모험가 길드로 달려갔다.

얼마 전의 리바이어던 사건 때는 너무 무모했기에 에밀리아에게 꾸중을 들었다.

그래서 이번에는 교칙을 지켜서 D랭크 이하 몬스터와 싸우기로 했다.

"저쪽 벽에 이번 주 몬스터 분포 예상도가 붙어 있어."

안나가 말했다.

"우와. 일기예보 같아요."

왕립 기상 관측실이 발표하는 일기예보는 적중률이 높다.

마법사가 하늘에서 광범위하게 관측하고 과거의 풍부한 통계 데이터를 바탕으로 예측하기 때문이다.

이 나라의 농사가 매년 풍년인 것은 일기예보의 정확도에 기인 하는 부분이 컸다.

"최대한 강하고 크고 무리를 이룬 몬스터가 좋아요. 뭐, D랭크 이하는 다 비슷하지만요."

"내가 추천하는 건 일각 토끼야. 전에도 말했지만 쉽게 잡을 수 있는 것치고 비싸게 팔려."

"그런 초심자용 몬스터는 싫어요!"

"이기적이야."

"당연한 주장이에요!"

샬롯과 안나의 말다툼을 무시하고, 로라는 진지하게 몬스터 분포 예상도를 들여다봤다.

"아. 스카이 피시 같은 건 어때요? E랭크라서 교칙 위반이 아니에요."

스카이 피시는 바로 얼마 전 수업 시간에 배웠다.

성인 남성 정도 길이의 막대처럼 생긴 생물로 바위틈에 서식한다.

주로 곤충을 먹으며 먹이를 발견하면 바위에서 튀어나와 초음속으로 잡아먹은 다음 그대로 다른 바위틈에 파고든다고 한다.

스카이 피시 자체는 식용에 적합하지 않지만 이것을 병에 넣고 술과 함께 담그면 꽤 맛좋은 『스카이 피쉬주』가 되는 모양이다.

하늘을 나는 것 같은 상쾌함이 있다나. 하지만 이 세 사람은 어려서 술에 대해서는 몰랐다.

"이 멤버로 E랭크 몬스터를요?"

샬롯이 노골적으로 싫은 내색을 했다.

"스카이 피시는 민첩한 것치고 장거리 이동을 하지 않아요. 그래서 서식지 옆에 덫을 놓으면 간단히 잡을 수 있어요. 그래서 E랭크예요. 하지만 덫을 놓지 않고 잡을 땐 난이도가 쑥 올라가요. 그러니까 맨손으로 잡아요!"

"스카이 피시를 맨손으로······ 로라, 좋은 생각이에요!"

훈련 마니아인 샬롯도 만족했다.

그런데 뜻밖이게도 안나가 이의를 제기했다.

"잠깐만. 스카이 피시의 서식지 옆에 베헤모스가 산다고 적혀 있어."

베헤모스는 A마이너스 몬스터다. 하늘을 날 수 없어서 드래곤 보다 하위로 되어 있지만 파워만 놓고 보면 거의 동급으로 알려 져 있다.

"만약에 마주쳐서 쓰러뜨리는 날엔 또 혼날 거야."

"괜찮아요. 나오면 도망치면 돼요."

"이 멤버로 그게 잘 될까? 샬롯이 깜빡하고 쓰러뜨릴 것 같아."

"깜빡하고라기보다 적극적으로 쓰러뜨릴 거예요. 우연히 마주 친 건 정당방위니까 우리 잘못은 없어요."

샬롯이 자신만만하게 말했지만 정말 그럴까.

로라가 생각하기에는 베헤모스가 사는 곳에 간 것 자체로 야단 맞을 것 같다.

"아가씨들. 베헤모스가 걱정이야? 그럼 안심해. 안 그래도『진 홍의 방패』와『매의 눈』이 토벌을 떠났으니까. 내일이나 모레쯤이 면 사체를 들고 돌아오지 않겠어? 하하하."

모험가가 뒤에서 말을 걸어왔다.

진홍의 방패와 매의 눈이라면 왕도 부근에서는 특히 유명한 파티다.

그 실적은 같은 모험자들 사이에서도 존경받았다.

세 사람에게 말을 건 모험가가 자기 일처럼 말한 것이 좋은 증거다.

다만 진홍의 방패는 며칠 전 리바이어던에 의해 괴멸될 뻔한 것을 의문의 3인조 『인형탈 부대 파자마레인저』가 구출해내 다소 평가가 떨어졌다.

인형탈 부대 파자마레인저의 정체는 대현자의 제자라느니 나라에서 만든 신형 호문쿨루스라느니 길드레아 모험가 학교의 여학생들이 정체를 숨기기 위해서 변장을 한 거라느니 말들이 많았다.

"아가씨들은 그 교복을 보아하니 길드레아 모험가 학교 학생들이지? 난 임무가 있어서 보지 못했지만 교내 토너먼트 때 무척 강한 1학년이 나온 모양이던데. 아가씨들도 지지 않게 열심히 해. 하하하."

모험가가 웃으며 떠났다.

"그래…… 우린 투기장에 왔던 사람들에게 얼굴을 보였어요. 저 사람은 보지 못한 모양이지만…… 다음부터는 사람들이 많은 장소에 갈 땐 종이봉투 같은 걸 쓰는 게 좋을지도 몰라요."

길드로 오는 사이에 묘하게 시선이 느껴진다 했더니 그런 이유 때문이었다.

"아, 어째서요? 주목받는 건 멋진 일이에요."

샬롯이 고개를 갸웃하며 말했다.

주목받는 것이 부끄럽다라는 개념이 없는 듯하다.

"……뭐, 사람마다 취향이 다르니까요. 일단 스카이 피시의 서식지로 가요!"

혹시나 해서 왕도를 떠나기 전에 종이봉투 세 개를 샀다.

※

스카이 피시의 서식지는 바위 주변이다.

그곳은 작은 폭포와 작은 강이 흐르는 무척 아름다운 곳이었다.

그 바위와 바위 사이를 무언가가 휙휙 날아다녔다.

"저게 스카이 피시예요."

"수업에서 배운 대로 빠르네요."

"그래도 잡을 수 있을 것 같아."

스카이 피시는 소리보다도 빨리 날았다.

그 움직임을 파악하는 것은 숙련된 모험가에게도 어려운 일이지만 세 사람에게는 놀이 같은 것이다.

"지금이야. 얍!"

로라가 팔을 뻗어, 날아온 그림자를 확 낚아챘다.

한 번에 포획에 성공했다.

뱀에 작은 날개가 돋은 듯한 생물이 로라의 손에서 탈출하려 파닥파닥 날뛰었다.

"얌전히 있어요!"

로라가 날뛰는 스카이 피시를 바위에 내리쳤다.

스카이 피시가 죽었다!

"기, 기분 나빠요……."

"로라는 얌전해 보이는데 가끔씩 굉장해."

샬롯과 안나가 정색을 했다.

"그럼 어떡해요! 설마 살린 채로 길드에 가져가는 거예요?!"

"얌전히 만든다고 해도 냉동이나 감전사 같은 방법도 있을 텐데 바위에 내리치다니…… 로라는 여성스럽지 못 해요."

"한쪽 팔을 제물로 바쳐서 영수를 소환하는 샬롯에게는 그런 말 듣고 싶지 않아요!"

"시합 중에 한 건 노 카운트예요."

샬롯이 의문의 이론으로 자신의 정당성을 주장했다.

물론 로라는 그런 것으로 논파당하지 않는다.

"두 사람 다 그만 투닥대고 스카이 피시나 잡자."

안나의 한마디에 정신을 차리고 진지하게 스카이 피시 사냥을 재개했다.

로라와 안나는 잡은 스카이 피시를 바위에 내리쳐서 죽였다.

샬롯은 전기 마법으로 태워 죽였지만 중간에 귀찮아졌는지 결국 내리쳐서 죽이기 시작했다.

"50마리나 잡았어요."

"들고 가기 힘들겠어요."

"그래도 이 정도 양이면 꽤 돈이 되겠어."

바위 위에 쌓인 스카이 피시를 본 세 사람이 만족스럽게 웃으며 땀을 닦았다.

그때 근처 숲에서 굉음이 들려왔다.

동시에 로라는 마법 발동을 감지했다.

누군가가 싸우는 듯했다.

아마 베헤모스와 모험가들의 싸움일 것이다.

"스카이 피시를 들고 얼른 도망치는 게 좋겠어."

"아뇨. 베헤모스는 쉽게 볼 수 있는 몬스터가 아니에요. 적어도 보고는 가요."

"그래요! 나도 베헤모스를 보고 싶어요!"

로라와 샬롯이 마주 보고 끄덕였다.

그러나 안나만은 『아…….』 하며 싫은 내색을 했다.

"나는 아직 죽고 싶지 않은데…….."

"걱정 마요! 여차하면 지켜줄게요. 렛츠 고!"

세 사람은 숲 속으로 성큼성큼 걸어 들어갔다.

방향은 쉽게 알 수 있었다.

격렬한 싸움 소리가 끊임 없이 들려왔기 때문이다.

"우와. 싸워요. 싸워요. 베헤모스는 굉장하네요. 나무를 쓰러뜨렸어요."

베헤모스는 집채보다 큰 괴물이다.

실루엣은 코뿔소를 닮았지만 조금 더 흉악한 생김새다.

"그에 비해 진홍의 방패와 매의 눈은 한심하군요. 저 정도 인원으로도 죽이지 못하는 거예요?"

세 사람은 수풀 뒤에 숨어서 싸움을 지켜보았다.

두 파티는 모두 20명 정도다.

베헤모스를 에워싸고 마법과 화살로 공격해 발을 묶은 다음 근접전으로 유도했다.

그러나 베헤모스의 피부가 단단해서 공격은 좀처럼 통하지 않았다.

"젠장. 이 녀석은 보통의 베헤모스보다 강해! 변이종이야!"

상당히 고전 중이었다.

조마조마한 마음으로 보고 있는데 한 모험가가 베헤모스의 꼬리에 맞고 날아갔다.

그를 살리기 위해 마법사가 회복 마법을 걸었다. 그 탓에 지원 화력이 떨어져 베헤모스의 움직임이 격렬해졌다.

진홍의 방패와 매의 눈이 와해되는 것은 시간문제였다.

"보고 있을 수 없어요! 로라. 안나. 우리도 함께 싸워요!"

확실히 그러지 않으면 그들이 죽고 만다.

그러나 리바이어던 일로 한 번 혼이 났다.

이렇게 보는 눈이 많은 곳에서 베헤모스를 쓰러뜨리면 에밀리아의 머리에 뿔이 자랄지도 모른다.

베헤모스를 쓰러뜨린 뒤에 입막음을 하면 되지 않을까라는 생각이 순간 로라의 머릿속을 스쳤다.

그러나 목격자들의 입을 실로 꿰매는 자신을 상상하고 무서워서 몸을 부르르 떨었다.

"입을 막는 건 불쌍해요……."

"네? 로라. 잊었어요? 이럴 때를 대비해서 왕도에서 종이봉투를 사온 거잖아요."

"아, 그래요! 이걸로 변신하면 되죠!"

종이봉투는 눈 위치에 제대로 구멍을 뚫어두었다.

이것만 있으면 뭘 하든 들키지 않을 것이다!

로라와 샬롯이 좋아라하며 종이봉투를 뒤집어썼다. 조금 싫어하는 안나에게도 억지로 씌웠다.

"변신 완료. 그럼 곧바로…… 얼음 창!"

로라가 대기와 땅속에서 모은 물을 얼려 거대한 얼음 창을 만들었다.

그리고 베헤모스를 겨냥해 쐈다.

배에 명중해 반대쪽으로 튀어나올 만큼 깊이 박혔다.

"크오오오오오오오오옹!"

베헤모스가 갑작스러운 통증에 비명을 질렀다.

두 번째 선수인 샬롯이 힘 조절을 하지 않고 벼락을 내렸다.

벼락이 얼음 창을 뚫고 베헤모스의 몸 안에 침입했다. 사방에 고기 굽는 냄새가 떠돌았다.

"최후의 일격은 안나예요. 강화 마법을 걸어줄 테니까 해치워주세요!"

"하이라이트를 양보할게요."

"딱히 안 그래도 되는데……."

안나가 투덜대면서 등에 멘 검을 뽑아 베헤모스를 향해 달려나갔다.

로라와 샬롯이 동시에 근력 강화 마법을 실행했다.

안나는 극한까지 강화되어 한칼에 베헤모스의 목을 잘랐다.

"너, 너희는 대체……?"

모험가들이 영문을 모르겠다는 표정으로 세 사람을 쳐다봤다.

"우리는 지나가던 길인『비밀 결사 종이봉투』예요. 파자마레인저나 길드레아 모험가 학교와는 아무런 관계도 없어요! 그럼 안녕히!"

변장이 완벽했기에 정체를 들킬 가능성은 낮다.

그러나 세상에는 만에 하나라는 것이 있기에 세 사람은 쏜살같이 도망쳤다.

"사람을 구하는 건 기분 좋은 일이네요!"

"베헤모스와 싸울 수 있어서 만족했어요."

"내가 베헤모스의 목을…… 역시 강화 마법은 굉장해."

세 사람 모두 시원한 기분으로 기숙사로 돌아왔다.

그리고 다음 날 학교에서 에밀리아에게 몹시 혼이 났다.

"종이봉투를 썼어도 교복 차림이면 들킬 게 뻔하잖아아아아아아!"

"히잉. 죄송해요."

세 사람은 오전 내내 복도에 서 있는 꼴이 되었다.

게다가 깜빡하고 스카이 피시를 가져오지 못한 것을 새삼 깨달았다.

엎친 데 덮친 격이다.

스카이 피시를 판 돈으로 새 검을 사려고 한 로라는 눈물을 흘렸다.

"내일부터 여름방학이네요!"

식당에서 점심을 먹으면서 로라가 샬롯과 안나에게 말했다.

"그러게요. 로라는 집으로 돌아가요?"

"음. 글쎄요. 그것보다 난 샬롯과 안나와 어디론가 여행을 가고 싶어요!"

"여행 말인가요…… 나쁘지 않아요."

"잠깐. 난 여행 갈 정도의 돈이 없어."

안나가 새우튀김에 소스를 듬뿍 찍으면서 말했다.

"걱정 마세요. 경비 정도는 내가 마련해볼게요."

"우와. 역시 가자드 가문. 그런데 어디로 가?"

"그야 물론 장기 휴가를 이용한 몬스터 사냥이죠. 평소에는 만날 수 없는 희귀한 몬스터를 잔뜩 사냥하면서 여름방학 동안 단숨에 성장을—."

"패스."

안나가 샬롯의 제안을 단박에 거절했다.

"어, 어째서요?!"

"나도 여행 때는 마음껏 놀고 싶어요. 훈련과 놀이는 확실히 구분해요."

"……알았어요. 그럼 어디서 놀 건지 진지하게 생각해봐요."

"여름이니까 수영을 하고 싶어."

"좋아요! 강이나 호수에서는 수영한 적이 있지만 바다는 간 적이 없어서 바다가 좋아요!"

"바다 말인가요…… 후후. 그럼 가자드 가문의 프라이빗 비치로 초대할게요."

그런 즐거운 계획을 짜고 있는데 식당에 에밀리아가 나타났다.

두리번거리다가 로라와 눈이 마주친 순간 앗 하고 외쳤다.

"로라. 로라! 큰일 났어! 지금 당장 학장실로 가!"

에밀리아가 달려와 로라의 팔을 잡아당겼다.

"왜, 왜 그러세요. 에밀리아 선생님. 아직 오믈렛을 먹는 중이에요. 다 먹을 때까지만 기다려주세요."

"그럼 빨리 먹어! 중요한 일이야!"

너무 재촉당하는 바람에 오물렛의 맛이 느껴지지 않았다.

이 세상에 오믈렛보다 중요한 일 따위가 있는 걸까.

로라는 짐작도 할 수 없었다.

"에밀리아 선생님. 정말로 뭘 그렇게 서두르시는 거예요? 점심시간 정도는 학생들이 좋을 대로 하게 두셨으면 좋겠어요."

"동감이야. 우린 여름방학 계획을 짜고 있었는데."

샬롯과 안나가 정의의 목소리를 높였다.

그러나 에밀리아는 『여름방학 같은 소리를 할 때가 아냐!』라고 일축했다.

"여름은 물론이고 가을도 겨울도 쭉~ 로라만 쉬게 될지도 모른다고!"

"아, 그게 무슨 말씀이세요? 우승 특전으로 여름방학이 겨울방학과 합쳐지기라도 하나요?"

"태평한 소리! 이대로라면 로라는 학교를 그만둬야 해!"

그, 만, 두, 다.

그 단어가 가진 임팩트에 세 사람이 잠잠해졌다.

그 뜻을 쉽게 이해할 수 없었기 때문이다.

"……그, 그러니까…… 그게 무슨 말씀이세요? 에밀리아 선생님. 제가 학교를 그만둘 리 없잖아요. 도대체 누구의 권한으로요?"

"로라의 아버지."

대답을 들은 순간, 로라가 의자에서 떨어져 엉덩방아를 찧었다.

"서, 설마 제가 마법학과에 들어간 걸……."

"……들킨 것 같아. 그리고 편지로 몹시 역정을 내셨어."

로라는 핏기가 가시는 소리가 들린 것 같았다.

지금 틀림없이 자신은 하얗게 질려 있다.

어쩌면, 어쩌면 좋지.

※

학장실에서 기다리고 있던 대현자는 무척이나 난처한 표정을 짓고 있었다.

양호실에서 만났을 때도 결승전 후에 초원에서 만났을 때도 여유만만이었는데.

이 사람은 이런 표정도 짓는구나 하고 로라는 그만 감탄하고 말았다.

아버지는 대현자조차 곤란하게 만드는 편지를 보내온 것이다.

"로라. 어서 와. 샬롯과 안나도 왔구나."

"친구의 위기를 못 본 척할 수는 없어요!"

"퇴학은 용납 못 해. 절대로 안 돼."

샬롯과 안나는 대현자 앞에서도 주눅 들지 않았다.

이어서 에밀리아도 학장실에 들어왔다.

이로써 배우는 모두 모였다.

"일단 순서대로 설명할게. 편지는 두 통이 왔어. 한 통은 로라의 어머니. 즉 도라 에드몬즈한테서 온 편지야. 어머니는 교내 토너먼트를 보러 오셨던 모양이야."

"히익."

로라의 입에서 이상한 비명이 새어나왔다.

"어머니는 무척 감동하신 것 같아. 설마 딸에게 마법적 재능이 있을 줄은 몰랐다. 학교 덕에 새로운 가능성이 생겼다. 앞으로도 딸의 재능을 키워주길 바란다. 편지에는 그런 내용이 적혀 있었어."

그 말을 듣고, 로라가 안도의 한숨을 내쉬었다.

뭐야. 나쁜 내용이 아니잖아…….

"그리고 집으로 돌아가서 아버지께 로라가 마법학과에 들어갔다는 걸 알렸더니 노발대발하신 모양이야. 그렇게 다툰 건 결혼한 이래로 처음이라고……."

"흐아아아아!"

로라가 경련을 일으키며 쓰러졌다.

"앗…… 로라. 정신 차려요!"

"거품을 물었어……."

두 친구의 헌신적인 간호에 로라가 겨우 일어났다.

기절해도 사태는 나아지지 않는다.

뒷이야기를 들어야 했다.

"대현자님. 두 번째 편지는……."

"대현자가 아니라 학장님이라고 불러. 두 번째는 말할 것도 없이 아버지가 보낸 편지야. 내용은 학교에 대한 온갖 욕설. 마법사

에 대한 비방과 중상. 나에 대한 실망. 그리고 로라의 퇴학. 읽고
싶니?"

"아뇨…… 대강 짐작이 가요. 아버지가 실례를 했어요……."

"괜찮아. 로라가 잘못한 게 아닌걸. 브루노 에드몬즈가 마법을
질색하는 건 유명하고 화를 내는 심정도 이해해. 옛날에 이 학교
학생이었을 때부터 『전위는 좋다』라고 말했었으니까."

그러고 보니 로라의 아버지와 어머니도 이 학교의 졸업생이었다.

어머니는 몰라도 마법이라면 몸서리를 치던 아버지가 어째서 대
현자가 학장으로 있는 길드레아 모험가 학교에 입학했던 걸까.

의아하게 생각한 로라가 의문을 입 밖으로 꺼냈다.

그러자.

"쓰러뜨리고 싶은 마법사가 있다고 했어. 그리고 최강 마법사인
나와 1대 1로 겨뤄보고 싶었대."

그런 대답이 돌아왔다.

과연. 참으로 아버지다운 동기다.

"그래서 학장님은 아버지와 1대 1로 겨루셨나요?"

"겨뤘지. 그것도 검으로."

"……결과는요?"

"물론 내가 이겼지."

대현자가 빙긋 웃었다. 무척 자랑스러운 모양이다.

로라는 아버지가 졌다는 것을 듣고 낮은 신음을 흘렸다.

그러자 대현자가 더욱 기쁜 듯이 말했다.

"마법을 쓰지 않고 오직 검으로 때린 덕분에 그는 날 인정해준 것 같았어…… 하지만 로라를 마법학과로 전과시키는 바람에 역린을 건드려버렸어. 데헷."

데헷이 아니다.

로라에게는 사활이 걸린 문제다.

모처럼 샬롯과 안나라는 친구가 생겼는데 이제 와서 그만두고 싶지 않았다.

"무슨 방법이 없을까요?!"

"음…… 로라가 15세 이상이라면 성인으로 취급하지만 아홉 살인 넌 보호자의 뜻에 따라 처신이 좌우돼. 그러니까 보호자인 아버지가 퇴학 신청을 한 이상 학교로서는 어쩔 도리가 없어."

"말도 안 돼. 학장님은 여왕 폐하도 위협하셨잖아요?"

"위협이 아냐. 평판이 나쁘구나. 단지 우리 학교 행사로 소란스럽게 해서 미안하다고 사과하고 왔을 뿐이야. 왕족은 다 친구들이고. 하긴 로라의 아버지도 제자니까 친구 같은 존재인가. 솔직히 이런 전개는 이미 예측했던 거라 마음의 준비는 되어 있어. 그럼, 내가 직접 나서서 격렬한 설득을—."

"하지 마세요. 아버지가 죽고 말 거예요!"

자신의 아버지와 재학 중인 학교의 학장이 칼부림을 하는 것은 곤란하다.

게다가 아무리 아버지가 강하다고 해도 대현자와 비교하면 평범한 인간이다.

지금까지도 로라에게 부모는 동경의 대상이다.

그들이 지는 장면은 보고 싶지 않았다.

"학장님. 퇴학 신청서는 어떻게 하죠? 저도 소중한 학생을 가만히 앉아서 잃고 싶진 않아요."

에밀리아가 대화에 끼어들었다.

"그래. 일단 책상 서랍에 넣어둡시다. 받았다고 곧바로 수리할 필요는 없어. 우편 사고로 받아보지 못했다고 변명하는 방법도 있으려나?"

대현자가 자신의 책상 서랍에 브루노 에드몬즈의 편지를 집어넣었다.

상당히 깊숙이 넣은 모양이다.

종이가 구겨지는 소리가 났다.

"하지만 계속 그렇게 얼버무리는 것도 힘들겠죠."

"그렇지. 그래서 말인데 로라. 넌 여름방학에 부모님댁으로 돌아가서 아버지를 설득해오렴. 진지하게 대화로 풀든 다짜고짜 폭력을 쓰든 방법은 맡길게. 실패하면 그땐 정말로 내가 나설 테니까."

"……네!"

여름방학은 한 달이 넘는 기간이다.

시간은 충분하다. 게다가 어머니는 로라 편인 모양이다.

그렇다면 승산은 충분히 있다.

대현자의 말대로 지금의 로라라면 폭력에 호소하는 방법도 쓸 수 있다.

피하고 싶은 방법이지만 상대는 브루노 에드몬즈. 모험자 중의 모험자다.

강해진 딸에게 맞는다면 만족할 것이다.

"로라. 나도 함께 가게 해주세요!"

"나도 같이 가. 로라를 학교에 남게 하기 위해서라면 뭐든 할 거야."

"샬롯…… 안나…… 고마워요!"

로라는 감동했다.

역시 친구는 없어서는 안 될 존재다.

여름방학이라는 귀중한 시간을 로라를 위해서 주저 없이 반납 해주었다.

아무리 고마워해도 부족하다.

"감사 인사는 필요 없어요. 어려울 땐 서로 돕는 거예요!"

"그래. 그러니까 내가 어려울 때도 잘 부탁해."

"……네!"

이렇게 세 사람은 로라의 고향으로 가게 됐다.

어떤 의미에서는 이것도 여름방학 여행이라고 할 수 있을지도
모른다.

## ■작가 후기

　귀여운 여자아이들이 많이 나오고 서로 친하게 지내는 이야기를 쓰자⋯⋯.

　단지 그런 주제만 정하고 소설 투고 사이트 『소설가가 되자』에 연재를 시작한 것이 이번 작품입니다만 감사하게도 GA 노벨에서 종이책으로 출간해주셨습니다.

　종이책 출간은 이번이 두 번째라 이미 완전히 익숙해졌다⋯⋯가 아니라, 낑낑거리면서 출간 작업을 진행했습니다.

　어떻습니까?

　근사한 책이 되어서 여러분들 손에 도착했나요?

　이 후기를 쓰는 지금은 아직 작업 진행 단계라 완성된 책은 우주 어디에도 존재하지 않는 상태지만 근사한 책이 될 것을 믿어 의심치 않습니다.

　그러나 저는 어디까지나 『본문을 쓰는 사람』에 불과하고 편집자, 삽화가, 디자이너 등 많은 사람의 힘이 모여 비로소 책이 완성됩니다.

책은 인쇄소가 없으면 찍지 못하고 영업팀이 없으면 아무도 모르게 묻히고 유통해주시는 분들이 없다면 전국에 배달되지 않습니다. 그리고 각 지역의 서점 덕분에 책은 독자 여러분들을 만날 수 있습니다.

무엇보다 이렇게 읽어주시는 독자 여러분이 있기에 책이라는 것이 태어납니다. 정말로 고맙습니다.


물론 이 이야기는 원래 웹소설이었기에 웹판을 읽어주신 독자 여러분의 지원이 없었다면 책으로 만들어지지 못했습니다.

이번 마법적성 9999는 어떤 의미에서는 웹판의 독자 여러분들이 키워주셨다고 해도 과언이 아닙니다. 앞으로도 잘 부탁합니다.


그리고 삽화가 리이츄 선생님.

사실 웹판을 쓸 때부터 각 캐릭터의 얼굴은 리이츄 선생님의 그림을 떠올렸습니다.

담당자분께 『리이츄 선생님이 좋아요!』라고 밀져야 본전으로 제안했더니 정말로 이뤄졌습니다. 그뿐만 아니라 리이츄 선생님은 제 상상을 훨씬 뛰어넘는 퀄리티로 삽화를 완성해주셨습니다. 일러스트가 속속 올라올 때마다 컴퓨터 앞에서 히죽거립니다. 정말로 귀여운 그림입니다!

또한 담당자분의 노력이 있었기에 출간 작업이 원활히 진행될 수 있었습니다.

참고로 이 작품은 웹에서 연재가 시작된 것이 6월, 출간 이야기가 나온 것이 7월, 발매가 10월이었습니다. 엄청난 속도입니다. GA 편집자는 괴물인가!

저도 출간 작업을 진행하랴 웹판을 연재하랴 다른 작품을 조금씩 써두랴…… 애를 썼습니다. 칭찬해주셔도 됩니다!

그럼 마지막으로 한마디.
―백합은 좋은 것.

# 예 고

검사를 목표로
입학했는데
마법적성
# 9999
라고요?!
2018년 봄 2권 발매예정!

마법을 싫어하는 아빠와 충돌 직전?!
로라 일행의 여름방학 시작!!

# 검사를 목표로 입학했는데 마법 적성 9999라고요?! 1

1판 1쇄 발행 2018년 2월 10일
1판 5쇄 발행 2020년 1월 29일

**지은이_** Mugichatarou Nenjuui
**일러스트_** Riichu
**옮긴이_** 김보미

**발행인_** 신현호
**편집장_** 김은주
**편집진행_** 김기준 · 김승신 · 원현선 · 권세라
**편집디자인_** 양우연
**국제업무_** 정아라 · 전은지
**관리 · 영업_** 김민원 · 조은걸 · 조인희

**펴낸곳_** (주)디앤씨미디어
**등록_** 2002년 4월 25일 제20-260호
**주소_** 서울시 구로구 디지털로 26길 111 JnK디지털타워 503호
**전화_** 02-333-2513(대표)
**팩시밀리_** 02-333-2514
**이메일_** lnovelpiya@naver.com
**L노벨 공식 카페_** http://cafe.naver.com/lnovel11

ISBN 979-11-278-4377-9 04830
ISBN 979-11-278-4376-2 (세트)

**값 9,000원**

## 세이버즈=가든

토모토 스이 지음 | 우미시마 센본 캐릭터 원안 | 쿠로사와 테츠 일러스트 | 요시무라 마사토 콘셉트 디자인 | 송재희 옮김

검도에 열심인 소년 텐조 키즈나는 어느 날 사범인 조부에게서
선조 대대로 물려 내려왔다는 검 모양의 액세서리를 받는다.
그로부터 며칠 뒤, 머릿속에 자신의 이름을 부르는 목소리가 들리고—.
목소리에 이끌려 도장 뒤편의 거목을 만진 순간,
액세서리가 진동하더니 키즈나의 시야는 화이트아웃.
정신이 들자 그곳은 낯선 이세계의 대지였고,
갑자기 현대에는 존재하지 않을 터인 『마물』에게 습격당한다.
"어째서 그 검을 안 쓰는 거야?"
아무것도 모르는 키즈나를 도운 것은 에바라는 수수께끼의 소녀인데—?!
『아르카디아=가든』으로 이어지는 《대지와 정령의 이야기》 시동!!

© Taro Hitsuji, Kurone Mishima 2017
KADOKAWA CORPORATION

## 변변찮은 마술강사와 금기교전 1~9권

히츠지 타로 지음 | 미시마 쿠로네 일러스트 | 최승원 옮김

알자노 제국 마술 학원의 계약직 강사인 글렌 레이더스는 수업 중
자습 → 취침 상습범.
그러다 웬일로 교단에 서나 싶으면 칠판에 교과서를 못으로 고정해놓는 둥,
그야말로 학생들도 기가 막혀 하는 변변찮은 강사다.
결국 그런 글렌에게 진심으로 화가 난 학생,
「교사 킬러」로 악명이 자자한 시스티나 피벨이 결투를 신청하지만—
이 해프닝은 글렌이 허무하게 패배하는 안타까운 결말로 막을 내린다.
하지만 학원에 닥친 미증유의 테러 사건에 학생들이 휘말리자,
"내 학생에게 손대지 마!"
비로소 글렌의 본성이 발휘된다!

### TV애니메이션 방영 화제작!!

# 세븐캐스트의 히키코모리 마술왕 1~2권

미사키 카츠미 지음 | mmu 일러스트 | 송재희 옮김

마술이 개념화하여 물리 법칙을 능가한 신생 마법세계.
이곳 마도에는 마술 결사 「세븐캐스트」가 최강이라는 이름하에 군림하고 있었다—.
"그저 빈둥거리면서 살고 싶어……."
마술학원에 다니는 브란은 마술로 만든 분신에게
출석을 대행시키는 등교거부 학생.
다만 전학생인 왕녀 듀셀하고는 같은 히키코모리 기질 때문인지
묘하게 가까워지고?!
그러나 듀셀의 정체는 전투에 특화된 루브르 왕국의 국가마술사였다—.
"그럴 수가, 나보다 고위 마술사라니."
"상대가 안 좋았네— 내가 「세븐캐스트」의 위자드 로드야."
일곱 섀도를 원격 조작으로 사역하여 세계 질서를 뒤엎어라?!

**히키코모리야말로 최강—
문외불출 신세기 마술배틀 판타지!!**

라이트노벨의 새로운 빛! L노벨의 신간은 매월 10일에 발매됩니다. http://cafe.naver.com/lnovel11

©Ryo Shirakome/OVERLAP
Illustration Takaya-ki

## 흔해빠진 직업으로 세계최강 1~6권

시라코메 료 지음 | 타카야Ki 일러스트 | 김장준 옮김

『왕따』를 당하던 나구모 하지메는 같은 반 아이들과 함께 이세계로 소환된다.
차례차례 사기적인 전투 능력을 발현하는 반 아이들과는 달리
연성사라는 평범한 능력을 손에 넣은 하지메.
이세계에서도 최약인 그는 어떤 반 아이의 악의 탓에
미궁의 나락으로 떨어지고 마는데—?!
탈출 방법을 찾을 수 없는 절망의 늪에서
연성사로 최강에 이르는 길을 발견한 하지메는
흡혈귀 유에와 운명적인 만남을 이루고—.
"내가 유에를, 유에가 나를 지킨다. 그럼 최강이야. 전부 쓰러뜨리고 세계를 뛰어넘자."

**나락으로 떨어진 소년과 가장 깊은 곳에 잠들었던 흡혈귀가 펼치는
『최강』이세계 판타지 개막!**

라이트노벨의 새로운 빛! L노벨의 신간은 매월 10일에 발매됩니다. http://cafe.naver.com/lnovel11